荒れ地の種

江上剛
Egami Go

光文社

荒れ地の種

目次
荒れ地の種

第一章　コロナ禍　006
第二章　ある男　034
第三章　光を継ぐ者　069
第四章　酵母　102
第五章　再起　137

第六章　始動　171
第七章　熱気　198
第八章　絆の酒　230
第九章　新たな道　265
最終章　荒れ地に種を　293

装幀　泉沢光雄
写真　１２３ＲＦ、ＰＩＸＴＡ

――天の国は一粒のからし種に似ている。あるひとがそれをとって畑にまいた。それは種のうちでいちばんちいさいものであるが、成長したときは、どの野菜よりも大きくなり、空の鳥が来てその枝に巣を作るほどの木になる。

（『聖書　原文校訂による口語訳』マタイによる福音書第13章31節、32節
フランシスコ会聖書研究所訳注、サンパウロ刊）

第一章

コロナ禍

1

人っ子一人歩いていない大都会は、恐怖さえ覚える。地下道に響く自分の足音に、思わず振り返り、後ろを見る。そして誰もいないことを確認して、早足で歩く。今は、夜ではない。早朝である。いつもなら多くのサラリーマンたちで道は溢《あふ》れているはずだ。

――いったい世界はどうなってしまうのだろうか。

高城浩紀《たかじょうひろき》は、不意に立ち止まった。

アルバイト先のコンビニに行っても、客は一人もいないだろう。それなのになぜそこに向かっているのだろうか。

浩紀は、十九歳。七歳の時、福島県の荒波町《あらなみちょう》で被災した。二〇一一年三月十一日に東日本を襲った大地震と津波、そして東亜《とうあ》電力福島第一原発の水素爆発の事故である。

津波で家は流された。高台に家族で避難した時、住んでいた家が強烈な引き波で沖に持っていかれるのを眺めていた。

悲しいとか悔しいとか、何か激しい感情が湧き起こるかと思ったが、今、思い出しても心を動かされた記憶がない。ちょっと残念だと思ったのは、せっかく集めたポケモンなどのキャラクターシールをしまっていた菓子箱も流れてしまったということだけだった。

しかし隣に立っていた父は、泣いていた。運送会社で真面目《まじめ》に働き、やっと新築した家だった。住宅ローンも残っていただろう。あの涙は、人生の努力を全否定されたような悲しみがこみ上げてきたからに違いない。

母は、父に寄り添っていた。また頑張ればいいじゃないと慰《なぐさ》めの言葉を口にしていたが、父にも、もちろん母自身にも、なんの慰めにもならなかった。

五歳の妹の美波《みなみ》が「家、なくなったね」と呟《つぶや》き、父を見上げた。その時、父は、「ああ、でも命が助かっただけでもよかったな」と言い、美波の頭を撫《な》でた。その時は、父は涙を流していなかった。美波の一言で、父は再起を誓ったのだろう。

家が流されただけなら、その場所にもう一度家を建てればいい。それだけでも困難なことだが、翌日、突然「逃げろ」と父が言った。避難先の公民館で眠っていた浩紀は意味がわからず、「どうして?」と寝ぼけ眼《まなこ》で聞いた。

「東亜電力の福島第一原発が爆発した。放射能が降ってくる」

父は、恐怖に怯《おび》えた顔で言った。

目に見えない放射線は人の上に静かに降り注ぎ、命を奪っていく。そんなことを考えた。

東亜電力の原子力発電所は、荒波町の港のすぐ近くにある。浩紀の自慢だった。あの原子力発電所が、東京の人に電気を供給しているのだと知っていたからだ。荒波町を豊かにしてくれている原子力発電所が、牙《む》を剝いて襲いかかってきたことが信じられなかった。

親戚が山形県の米沢《よねざわ》市にいる。父は浩紀たちを連れて、米沢市に避難した。

「すぐに戻れるよね」

浩紀は父に言った。友達にもさよならを言っていないからだ。浩紀は助かったが、友達の中には波にさらわれて、命を失った者がいるかもしれない。みんなの無事を知りたかった。

「浩紀、俺たちは埼玉県に行くことになった」

同じ避難所にいた同級生の健太《けんた》が近づいてきた。

「みんな無事なの？」

「わからない。でも海に吞《の》まれたのもいる……」

健太は、同級生の名前を挙げ、悔しそうに顔を歪《ゆが》めた。

浩紀は、父に連れられて米沢市に行き、結局、荒波町には帰ることができなかった。そのまま米沢市で暮らし、高校卒業後は、東京の私立大学に進学した。

米沢市に住んでからしばらくは、荒波町のことを思い出しては泣きたくなったが、今ではすっかり荒波町のことを忘れてしまった。津波のことは特に思い出したくない。記憶の奥深くにしまい込んだ。

荒波町は、原発事故の放射能汚染のせいで地区のほとんどが封鎖された状態で、多くの住民が今も帰ることができない。

父は帰還を諦め、米沢市で居酒屋を営んでいる。浩紀は、東京で頑張ってくると言い残し、上京した。

しかし思いがけない事態が浩紀の生活を狂わせた。コロナ禍である。

中国の武漢《ぶかん》で発生したと言われる新型コロナウイルスは、瞬《またた》く間に世界中に広がり、何億人という人を苦しめ、多くの人々を死に追いやった。

当然のことながら日本にも入ってきた。数千万人が罹患《りかん》し、何万人もの人が亡くなった。

死んでしまったのは、人だけではない。街も死んでしまった。人々は誰も外に出なくなった。

引きこもりが問題になることがあるが、日本中が引きこもりになってしまった。

浩紀が通う東京の新宿区にあるA大学も閉鎖になった。授業は、リモートという名の在宅での自習になった。サークルも何もなく、友人もできない。

なぜ授業料を支払っているのかわからない状態になった。これなら通信教育やユーチューブで学んだ方が、よほど安上がりだ。

友人ができないのは辛《つら》い。大学は、学ぶだけではなく、人と人とが出会う中で触発され、刺激し合い、新しい何かを生み出す場所だ。少なくともそう思って東京に出てきた。米沢市では刺激が少ない。東京で刺激的な生活をすることで今までの暗い思いを払拭《ふっしょく》できると考えていた。

ところが、コロナ禍が浩紀の希望を無残にも踏みにじった。

「誰も来ねえなぁ」

店長の柏木雄介《かしわぎゆうすけ》が愚痴《ぐち》っぽく言った。

雄介は、大手商社に勤務していたが、コンビニの権利を取得し、脱サラしたのだ。

浩紀が働く大手町《おおてまち》のコンビニは、新築四十階建て高層ビルの地下にある。ここにコンビニを作れば絶対に流行《はや》ると考えた雄介は、大手商社をさっさと辞めて、コンビニのオーナーに転身した。

今に見てろよ。歯車みたいに大企業で働くより、目指すは一国一城の主《あるじ》だ。どんどん城を増やしてやる。

意気込みはよかったのだが、早々に挫折してしまった。

大手町のビルに入居してきたのは、かつて雄介が勤務していた大手商社だった。運命の皮肉さに、笑いたくなるのだが、彼ら商社マンは一切、出勤してこなくなった。

まるで死んでしまったビルとなったのだ。雄介のコンビニと同時期に開店した居酒屋やレストラン、ラーメン店、カレーハウスなどはすでに撤退してしまっている。今、ビルの地下に店を構えているのは雄介だけだった。

「誰も来ませんね」

浩紀は言った。

「誰か来ねえかな」

「来ないと思います。だってここに来るまで誰にも会いませんでしたから」

「そうだよな。ちょっと前までは人で溢れ返っていたんだけど」

「このビルに入居している住倉商事《すみくらしょうじ》に店長は勤めていたんでしょう?」

「そうだよ」

雄介はわずかに得意げな顔になった。

「もったいなかったですね。一流企業ですから」

住倉商事は、浩紀が、A大学を卒業したとしても簡単に入社できる企業ではない。

「まあ、そうだな。今頃、課長くらいにはなっていただろうな。女房からも『バカ』って言われているよ」

雄介は自虐的《じぎゃくてき》な笑みを作った。

「まあ、明けない夜はないっていいますから」

「そう思うしかないな。浩紀だって大学の授業はリモートばかりだろう？」

「そうですよ。ばかばかしい。大学を辞めたくなります。リモートに慣れてない年寄りの教授なんかは、突然、画面から消えたり、映像が中断したり、散々ですからね」

「そうだろうな。こんなこと誰も想像していなかったから、リモートの環境も十分じゃないはずだもんな」

入り口のドアが開いた。客が来たのだ。マスクで顔の半分を覆い隠した女性だ。

「いらっしゃいませ」

浩紀は言った。

今日、初めての客だ。つい声が大きくなった。

女性は、驚いたように浩紀を見て、目を瞠《みは》った。

そういえばコロナ禍で、コンビニに入店して「いらっしゃいませ」と声をかけられることが少なくなった。コンビニは、人と人とのつながりで商売しているわけではない。機能的なだけだ。無機質なのだ。そう変わってしまったのだろう。

女性は、ペットボトルのお茶を持って、レジにやってきた。

「レジ袋は、いかがしますか？」

浩紀は言った。

「いらない」

浩紀が、雄介以外と交わした、今日初めての会話だった。

そういえば何日も雄介以外と言葉を交わしていないことに気づいた。

朝食も夕食も、コンビニ弁当の残りで済ませている。食堂に入ることはない。アパートのある街の商店街も人通りは少なく、誰もが外食を避けているから、食堂も閉まっているところが多い。開いているからといって、わざわざ食堂に入って赤の他人と接触し、コロナに罹患してもつまらないではないかという防衛本能が働くのだろう。

女性は、ペットボトルを受けとると、浩紀がコロナウイルスに冒されていると不安になったのか逃げるように出ていった。

女性の後ろ姿を見つめていた雄介は「そろそろ廃業しようかと考えているんだ」と呟いた。誰に言うでもなく、つい口から言葉がこぼれ出たという感じだ。

浩紀は、驚きはしなかった。今のように客が来なければ、コンビニのおにぎりや弁当などの日持ちしない商品の廃棄が増えるばかりだ。

雄介が廃業を考えるのは当然のことだ。

「そうですか……」

浩紀は言った。

「まあ、実際、閉めるとなると、コンビニ本部との契約とかいろいろな関係があるから、すぐにとはいかないんだけどな。でもこのままだとにっちもさっちもいかなくなる」

「いずれ元に戻るのではないですか?」

「戻らないさ。もし、コロナ禍が終わったとしても会社に出勤して、机を並べて仕事して、終わったら飲みに行くなんて生活に戻るはずがない。昭和的すぎるだろう」

雄介は自虐的に口角を引き上げた。

「でも僕は、大学でみんなとワイワイ騒ぎたいなぁ」

浩紀は反論ともつかぬことを口にした。

「まあな……。せっかく大学に入ったのに友達も恋人もできないのは不幸だよな」

浩紀は、昭和的と言われようと大学生になったらサークルに入り、女子学生と親密になって、アパートで同棲《どうせい》するのを夢見ていたのは事実だった。

「大学も面白くないですね」

「辞めちゃえよ。コロナが終わったらまた入学すればいい」

「そんなわけにはいかないですよ……」

大学入学のために父がどれだけ無理をしたか知っている。全てを失いゼロから米沢で再出発した。金も家も何もない中で、曲がりなりにも居酒屋を経営するまでになった。父の努力は尊敬に値する。それなのに大学がリモート授業ばかりで面白くないからと言って勝手に退学はできない。卒業証書だけは受け取りたい。

「俺たちが何か悪いことでもしたというのか」

雄介が天を仰いだ。

浩紀も同じ思いだ。真面目に暮らしていたのに地震、津波、原発事故による放射能被害……、そしてコロナ……。

「もう、上がっていいよ。どうせ誰も来ないから」

雄介が言った。

廃業を考えているというのは、事実だろう。

「いいんですか？　早いですが……」

「いいさ。そこらへんの弁当を好きなだけ持って帰っていいよ。どうせ誰も買いに来ないから」

「あざっす」

浩紀は、できるだけ陽気に返事をし、雄介に敬礼をした。

2

浩紀は、誰かと話すこともなく電車に乗り、アパートに着いた。A大学の近くにある古びた建物だ。今時珍しい木造で、風呂はない。洗面所も共同である。住んでいるのは、学生ばかりではない。何をやっているのかわからない労働者風の男、見かけだけは派手で若作りをしているが、どう見ても六十歳を過ぎた女性などだ。全部で何人住んでいるのかも知らない。そんなことを気にしたこともない。

浩紀は、アパートのドアを開けた。ゴキブリが足元を猛スピードで横切った。ゴキブリだけが同居人なのかと苦笑した。

机の上に、コンビニ弁当とペットボトルを置いた。今夜の分と明日の朝の分の二人前だ。

「あああぁ」

浩紀は、思わずため息を吐《つ》いた。いったい何をしているのだろうか。店長の雄介以外、誰とも関係を持たず今日も一日が過ぎてしまった。これでは牢屋《ろうや》に閉じ込められているのと同じではないか。

いや、まだ牢屋の方がいい。看守との会話ぐらいはあるだろう。点呼させられ、整列させられ、体操することもあるだろう。

あれは懲罰《ちょうばつ》であり、コミュニケーションとは言わないが、他の人間と関係せざるを得ないという意味では、人間らしいところもある。

しかし、浩紀の生活は、まるで一切のコミュニケーションを断たれた状況だ。見えない壁に囲まれているようだ。

浩紀は、どこにも自分の居場所がないと感じていた。七歳で、地震、津波、原発事故で故郷を追われた。それ以来、地に足がついていない気がする。

地震や津波は、自然災害である。しかし原発事故による放射能被害は人的な災害の側面が多分にある。法律でどのように裁かれるかわからないが、想定外の事故であると片付けられては、怒りをぶつける場所がない。あれは「私の失敗でした」と誰かがはっきりと謝罪して欲しい。

米沢でも東京でも、浩紀は余所者《よそもの》にすぎない。だから、時折、忘れたはずの荒波町の潮《しお》の匂いがたまらなく懐かしくなってくる。あの町には、少なくとも居場所があった。閉じ込められることもなく、空に向かって腕を伸ばし、大きく深呼吸できた。

自分の存在に意味があると感じたのはいつのことだったろうか。

浩紀は、幼い頃を思い出していた。

たくさんの漁船が白い波を切って港に入ってくる。岸壁で待ち構えている人たちから歓声が上がる。乗組員たちが港に向かって手を振る。皆、はち切れんばかりの笑顔だ。

浩紀は、父の小型冷蔵トラックから飛び降りた。魚を積み込むのを手伝えと父に言われたのだ。嬉《うれ》しくてたまらない。一人前のように扱われたからだ。そんなことは全くないのだが、父は自分の仕事を浩紀に見せたいと思ったのだろう。

父は、港に揚がってきた魚をそのままトラックの冷蔵庫に積み込み、契約しているスーパーマーケットに届ける。

浩紀は、漁船から揚がったばかりの、まだ生きているかのような魚がいっぱい入ったトロ箱を持ち上げようとした。重くて持ち上がらない。父が、笑っている。悔しい。浩紀は、全身の力を二本の腕に込めて、エイッと持ち上げた。それは地面から離れた。いいぞ。このままトラックに積み込むんだ。浩紀は、顔を真《ま》っ赤《か》にするほど力を込めて、荷台から差し出す父の両手にトロ箱を渡した。

よくやった。えらいぞ。

父が褒《ほ》めてくれた。

誰かの役に立てたと思った瞬間だ。あの時は最高に嬉しかった。なぜ、あれほどまでに嬉しかったのか。それは父の満足そうな顔を見たからだ。

今から思えば、人は誰かの役に立つことが、最高の喜びであり、最高のコミュニケーションなのだろう。それが失われてしまった。

人間という存在は、生物的なものなのだろうか。ただ生きているというだけでいいのだろうか。

誰かと関係を結んで、初めて人間と言えるのではないだろうか。あてずっぽうでしかないが、人という字は、人が支え合っている姿を表していると言われている。人間とは、人の間と書くではないか。間とはコミュニケーションだ。コミュニケーションが人間を人間たらしめる、人間の証《あかし》なのだろう。

一人でいると、愚にもつかないことを考えてしまう。結論は出ない。堂々巡りだ。

テレビのスイッチを入れた。映像が映し出され、音声が流れる。しかしそれらは浩紀の部屋になんの彩《いろど》りも与えない無機質なものだった。ただし、その男を見るまでは……。

3

星野真由美《ほしのまゆみ》は、パソコンの電源を切った。

「あああああ」

思い切り伸びをする。椅子《いす》の背もたれがぎしぎしときしむ。このまま折れてしまうのではないかと恐怖を覚えた。

「何やってんだろうな。私」

机の上に置いてあるグラスを摑《つか》み、一息に飲んだ。中身は日本酒である。

都内の中堅広告代理店にＷＥＢデザイナーとして勤務している真由美は、今、スポーツクラブのネット広告のラフデザインを作り、グループマネージャーに送信したところだ。

福島の会津若松《あいづわかまつ》の高校を出てから東京のデザイン専門学校に入学し、そのまま郷里には帰らず、就職した。三年前のことだった。

世界的なデザイナーになるぞと意気込んではいたものの、その夢には程遠く、任されるのはローカルスーパーのネットチラシのようなものばかり。

大手飲料メーカーや自動車メーカーなどの華やかな仕事は回ってこない。

どの業界も、広告宣伝に力を入れているわりには予算が少ない。それは真由美の給料にも影響してくる。正社員ではあるが、売り上げが目標に達しないと、前月比大幅ダウンなんてことがざらにある。

最も虚《むな》しさを感じるのは、人と一切、会わない、話さないことだ。入社して三年も経つのだが、会社には数回行ったきりだ。同期の集まりもなければ、上司との飲み会もない。

今、広告のラフデザインを送ったグループマネージャーとも直《じか》に会ったことがない。いつもリモートで、モニター越しに話をするだけだ。もしかしたらフェイク映像かもしれないと不気味なことを考えたりもする。

画面の向こうで、愛想よく笑顔で、真由美に指示を出してくるマネージャーは、実際には存在しない。ＡＩが作成した映像だけの人物が、真由美にあれこれと指示をしてくるのだ。

ＡＩは、分析に長《た》けている。真由美が広告制作を依頼されているクライアントだって、膨大《ぼうだい》なデータを分析し、ターゲットを見つけ出してくる。例えばスポーツクラブなら、今は三十代、独身、都内在住、マンション所有、キャリア女性が最も運動不足、ストレス解消に飢えているなどと的確な分析結果を提供してくれる。

真由美が、いくら高齢者をターゲットにした広告を作成したいと思っても、ＡＩは許してくれない。本物かどうかもわからないマネージャーもＡＩの結果を尊重する。デザイナーとしてのプライドはずたずただ。

ハリウッドでは、シナリオライターたちが怒りのストライキを行っている。何に怒っているのか。それはＡＩに対してだ。ＡＩが、膨大なシナリオデータから、制作サイドの要望に従って、ミステリー、ホラー、ラブコメディなど、なんでも作り出すらしい。それがある程度のレベルに達しているから、制作サイドは、高いシナリオライターを使うより、二十四時間、文句も言わず働いてくれるＡＩを使う。安上がりだからシナリオライターの仕事が減少したり、報酬が低くなったりしているのだ。

真由美は、人間のオリジナリティはどう評価されるのかと問いたいと思う。

膨大なデータを渉猟《しょうりょう》し、分析して、できあがったシナリオや広告アイデアは、過去の産物だろう。いつかどこかで見たことがあるものに違いない。オリジナリティは認められない……。

でも本当にそうだろうか。人間だって、脳の中に、過去の膨大なデータが蓄積されていて、それを駆使して、シナリオや広告アイデアを作っているのではないか。現に、真由美がそうだ。過去の作品や、他のデザイナーの作品などを何度も見ながら、新しいものを作り出す作業をする。でもそれは本当に新しいものなのか。ＡＩと同じ作業をしているだけなのではないか。

「ああ、いやだ、いやだ」

真由美は、大きな声で叫びながらキッチンに向かう。

夕食の支度だ。結局、今日も誰とも話さなかった。

今日のメニューは残りご飯でチャーハンを作り、焼き肉を添えることにする。サラダも欲しいところだが、面倒くさい。

夕食の材料は、近所のスーパーで買った。運動代わりに買い物に行くのだが、これだけ毎日行っているのに店員の名前さえ知らない。向こうも、真由美のことに関心がない。無個性、無記名の世界だ。

真由美は、無性に誰かと話したいと思った。リモートで、モニター画面越しではない。相手と同じ場所や時間にいて、同じ空気を吸い、相手の体温を感じたい。このまま、後一年、二年も誰とも会話せず、人間的接触がなければ、いったいどうなってしまうのだろうか。

きっと疲れているのだろう。毎日、毎日、向き合うのはモニター画面だけ。そこに映っているのは本当に人なのだろうか。真由美のことに関心を持ってくれている人なのだろうか。

フライパンを熱し、油を引き、卵を投入する。玉杓子《たまじやくし》を回しながら卵をかき混ぜる。いい具合になったら、ご飯を入れる。中華料理店がするように火力を一気に上げ、ご飯粒の一粒、一粒を油でコーティングすることができればいいのだが、マンションのキッチンのガスコンロの火力ではなかなかそうもいかない。

いつかはパラパラチャーハンを作りたいと思うのだが、いつもべっとりとまではいかないまでもしっとり、じっとりとなってしまう。

料理を作っている時だけは、人間に戻った気がする。

真由美の実家は蔵元《くらもと》だ。会津で二百年以上も酒を造っている。それでも新しい方だという。

今、実家は父と母が働いているだけだ。真由美の幼い頃は、杜氏《とうじ》という酒造りのプロが、岩手県の南部《なんぶ》地方などから季節ごとにやってきて酒を造っていた。

しかし父は、自分が思うような酒を造りたいと言って、杜氏と対立した。杜氏たちは、酒蔵の経営者である父に酒造りのノウハウを盗まれないように、父を酒造りの現場から徹底的に排除した。

彼らの苛《いじ》めとでも言うべき忌避《きひ》の態度に、父はどれだけ憤ったことだろう。

それでも父は諦めず、彼らから少しずつ酒造りのノウハウを盗んだ。彼らは父との対立の果てに、酒蔵を後にしてからは、二度と戻ってこなかった。

父は、自ら酒造りを開始した。今までは、杜氏たちが造った酒を自分の酒蔵の酒として販売していたのだが、これからは自分で造った酒を自分の酒として売り出すことになる。

銘柄は「会津華《あいづはな》」。外見は、変わらない。しかし中身は自分の酒である。

父は緊張した。

今までの酒と違う。不味《まず》い。こんな酒、飲めるか……。

できあがっても、売れなければ廃棄することになるのか。酒ができあがるまで、十分に眠ることができなかった。

夜中に突然、飛び起きた。麹《こうじ》が発酵するぶつぶつという音が聞こえてきたからだ。発酵しているのはタンクの中であり、聞こえるはずはない。

しかし、音がおかしいと思った。発酵が不十分なのではないか。父は、飛び起き、酒蔵に走り、タンクの中を覗《のぞ》き込む。

ほっと息をつく。酒の素《もと》である酒母《しゅぼ》は眠ることなく息づき、発酵を続けていた。

それを見届けてようやく父は再び眠りについた。

父が初めて造った「会津華」は、多くの人に愛された。

「嬉しかったというより安心したなぁ」

酒蔵で、父は幼かった真由美に囁《ささや》いた。その笑顔は、真由美の目にも輝いて見えた。

しかし、父は老いた。

日本酒の需要も減った。日本全体が人口減少の影響を受け、経済が縮小したからだ。

出荷量は、一九七三年の百七十七万キロリットルをピークに減少し、現在では四分の一以下となり、二〇二〇年には四十一万キロリットルにまで落ち込んでしまった。

酒蔵も一か月に約三軒も廃業していると言われ、かつては千九百軒もあったものが二〇二一年には千百六十四軒になってしまった。

消費者の嗜好《しこう》の変化についていくことができないのが原因だろう。

当然ながら「会津華」の売り上げも減った。

真由美は、売り上げが減ったのは、日本経済の低迷だけが原因ではないことを知っている。

大きな原因は後継者がいないことだ。父は老い、過酷な酒造りという労働が難しくなっている。

後継者がいれば、父も酒を大量に造り、多く売る努力と工夫をすることだろう。

しかし後継者がいない状態ではなんのために造り、売るのか、疑問が湧いてくる。

酒造りは、男の仕事と昔から決まっていた。女は杜氏になれないのが常識だった。

しかし男子に恵まれなかった父は、幼い真由美を後継者にすべく酒造りの現場に連れていった。

杜氏たちに不快な目で見られようとも、気にしなかった。

真由美も、麹が発酵する際の独特の香りが嫌いではなかった。酒造りが終わり、誰もいなくなった夏には、遊び疲れて四斗樽《よんとだる》の中で眠ったことさえあった。

「それなのに……」

真由美は、チャーハンを皿に盛りつけながら呟いた。

後継者になってくれないかという父の頼みを拒否し、東京で就職してしまった。酒造りに未来が感じられなかったからだ。それよりもデザインの才能を開花させ、世界に羽ばたきたいと願ったからだ。

父に、東京で働きたいと告げると、父は「そうか……。思い切りやるがいい」と言った。その表情は、うっすらと微笑《ほほえ》んでいたが、いかにも儚《はかな》げだった。

チャーハンが湯気を立てている。真由美は、スプーンですくって口に運んだ。

今日は、割合、上手《うま》く作れた。ご飯がパラパラと気持ちよく口の中でほぐれている。

真由美は、料理が得意というより好きだった。それは人を喜ばせるからだ。料理を提供すると、それまで怒っていた人も笑顔になる。喧嘩《けんか》も一旦、中断する。人と人とを結びつける効果がある。これはAIにはできないことだ。AIはレシピを考えられるかもしれない。でもそれは、相手に最もふさわしいレシピかどうかわからない。チャーハンにしても、パラパラがいいのか、しっとりがいいのか、相手を見て、その人が最高の笑顔になるものを提供できるのは人が作るからだ。

それに引き換え、今、真由美が行っている仕事は、人と人とを結びつけているだろうか。人の欲望を如何《いか》に効率よく喚起《かんき》できるか、それだけを考えて、それに成功すれば報酬が得られるという仕事ではないのか。

チャーハンを口に運びながら、テレビのリモコンスイッチを操作した。

テレビ画面に、一人の男が映った。その時、真由美の手が止まった。なぜだか心が激しく揺さぶられた。気を失いそうになるほど胸が苦しくなった。

真由美は、チャーハンをすくっていたスプーンを皿に戻した。

「福島に帰ろう。そうだ。帰らなくちゃいけない」

4

田村慎一《たむらしんいち》は何か物足りなさを感じていた。

慎一は、会津で四百年も続く國誉《くにほまれ》酒造の社長である。

慎一は十四代目であるが、酒造りには関与しない。杜氏ではないのだ。あくまで経営者である。最近は、蔵元杜氏というのが流行っている。

流行っていると言うと語弊《ごへい》があるが、若い蔵元は、酒造りに関与することで、自分を一種のアーティスト的な存在と位置付けているのだろう。

しかし慎一は、企業経営と酒造りは別であるという考えを持っている。

経営者は、企業の存続と発展を第一に考えてイノベーションを行う。だからこそ消費者の嗜好《しこう》や時代の流れを敏感に察知した物作りが可能なのだ。

一方、蔵元杜氏は、自分の造りたい酒を造ることにこだわることが多い。

それは素晴らしいことだ。しかしこだわりが強すぎると、一部の好事家《こうずか》のみに対象が絞られてしまうのではないか。

また製造量が少ないから高価になり、一般の人が購入し、楽しんで飲むことができない「幻の酒」となってしまう。それでは企業としての価値は高まらない。さらに消費者ニーズに応《こた》えられない。

慎一は、酒造りを広島にある酒造研究所《しゅぞうけんきゅうじょ》で学んだ。酒蔵の経営者は数字だけを見ていればいいというわけではない。

蔵元杜氏にならなくても、自信を持って消費者に届けられる酒を造るためには、自分のイメージを杜氏や従業員に伝える必要がある。そのためには、その年に収穫された米の質を見極め、どの程度磨きをかけるかなど、細かく指示する必要があるのだ。米を磨く割合だけで酒の味は変化する。

酒蔵の経営者として、日本酒の需要減少は考えなければならない問題である。

海外進出も考えている。人口減少が確実な日本では、酒の需要が増えることは絶対にないと確信している。

海外での需要を発掘するしかない。ワインのように……。しかしワイングラスで飲む酒は、本当に酒なのだろうか。ワインの真似事《まねごと》をしていていいものだろうか。

日本酒は、多様な温度で楽しむことができる。冷やでよし、燗《かん》でよし、である。

慎一は、蔵に行き、杜氏や従業員たちに声をかけた。

「今度の酒は、華やかなフルーティな香りが立つものにしよう。和食に合うのは当然だが、そうだな……魚が旨《うま》いポルトガルの海の香りだ」

「社長、ポルトガルの海って、どんな香りですか？　行ったことがないから。なあ、みんな」

杜氏が笑いながら、他の従業員たちに言った。

従業員たちも頷《うなず》き「連れて行ってくださいよ」と言った。

「馬鹿言うな。連れて行けるか。俺だって行ったことがないんだ」

慎一は渋い表情になった。

「えっ？　社長もないんですか？」

「そうだ」

「それじゃぁ、ポルトガルの海の香りって言ったってわかりませんよ」

「まあ、そうだな」慎一は、杜氏たちを見つめて「でもなんとなくわかんないかなぁ。真《ま》っ青《さお》な空、真っ青な海、水平線と空が一体になって、どこが空か海か判然としないんだ。その場所に立って潮風を受けるんだ。涼しくって爽《さわ》やかで、体の中から毒気が抜けていく……。ああ、いいなぁ」と目を細めた。

「なんとなく感じはわかりました。今までにない爽やかさを求めるんですね」

杜氏が言った。

「うん、まあ、そうだな」慎一は、小首を傾《かし》げ「もう一度、よく考えてみるよ」と言い、事務所の方へ歩き出した。

「俺は、何がしたいんだろう」

慎一は呟いた。

何もかも順調だ。日本酒市場は縮小しているが、慎一の酒蔵が造る「國誉」は少しずつだが売り上げを伸ばしている。また海外からの引き合いも増えた。それは慎一が自らアメリカやシンガポールに乗り込んで試飲会を繰り返してきた成果だ。

十二年前、東北地方を大地震が襲った。大地の揺れもひどかったが、恐るべきは津波だった。大地は、十数メートルの波が地上のあらゆるもの、人も住宅も店も工場も海に引き込んでいった。大地は、汚れた海と化し、多くの人がその渦の中で息絶えた。未《いま》だに遺体が見つからない人も多い。

そして津波は、東亜電力福島第一原発をも襲った。電源喪失という事態に陥った原発はメルトダウンし、水素爆発を起こした。その瞬間に人類史上二番めと言われる放射線被害が発生した。原発近くの人々は、訳もわからず逃げまどい、目に見えぬ放射線の被曝《ひばく》を免れようとした。そして故郷を追われてしまった。帰るに帰れない状態だ。

慎一は、その日、蔵にいた。倒壊するかと思うほど、激しく揺れた。しかし蔵の壁の一部が崩れた程度で、被害は少なかった。

さすがに会津までは津波は来ない。不幸中の幸いだと思った。しかしタンクの中に、崩れた壁の一部が入り、酒は売り物にならなくなった。

残念で仕方なかったが、ある酒販店の主人が、「壁土入りの酒」として売ればいいとユーモアを交えて言ってくれたことに励《はげ》まされた。この程度で済んだことを感謝せねばならないと思った。

その後は、福島の食材も、酒も、風評被害に悩まされることになる。憎むべきは放射線被害だ。消費者は、福島＝放射線と頭の中に図式を描き、米も桃も魚も、そして会津の酒も、全てが放射線に侵されていると思い、手に取るのを止《や》めた。「國誉」も例外ではなかった。売り上げは落ちた。しかし、ようやく今では、震災前の売り上げ水準を超えるまでになった。この状況を喜ぶべきなのに、慎一は最近になって心が満たされず空洞があるような感覚を抱くようになった。

なぜなのだろうか。慎一は、老舗《しにせ》酒蔵の社長として地域活動にも熱心に取り組んでいる。自分の役割を認識し、責任を果たしている。その意味では非の打ちどころのない生活である。地域からも頼りにされているのを実感している。

ポルトガルの青い海のような酒？　慎一は思わず一人で笑ってしまった。まさに自分の心の空洞を彷彿《ほうふつ》とさせる景色ではないか。

「俺は、何かを成し遂げたのだろうか。俺は、人のために何をしたのだろうか。自分のことだけを考えて行動してきたのではないだろうか」

慎一は、自らに語りかけた。

事務所の椅子に座り、冷蔵庫から「國誉」を取り出した。グラスに注ぎ、口に運ぶ。まろやかな味が口中に広がる。

テレビのリモコンのスイッチを入れる。

そこに映し出された男を見た。その瞬間、慎一の心が激しく揺さぶられ、持っていたグラスを落としてしまった。

「俺の出番だ！」

慎一は、声に出していた。

5

鈴村孝平《すずむらこうへい》は喜多方《きたかた》の酒蔵を訪れていた。廃業の噂《うわさ》を聞いたからだ。

孝平は、六十歳で定年になるまでは福島県のハイテクプラザの醸造研究所で、多くの杜氏を指導した。彼自身は、杜氏ではない。しかし醸造学を学んだ立場から、福島の酒造りを盛り上げる役割を担った。

孝平が赴任《ふにん》するまでの酒造りは、南部杜氏任せだった。酒蔵の当主たちは地元の名士として対外活動と言えば聞こえはいいが、優雅に遊んでいたのである。経営も酒造りも杜氏任せだった。

それではダメだと考えた孝平は、酒蔵の後継者たちを杜氏として育てることを決意した。

そしてその企《くわだ》ては成功し、多くの蔵元杜氏が誕生した。今では、一人一人が個性的な酒造りをしている。孝平の努力が実ったのだ。福島の酒は、市場で高い評価を受けるようになった。

できる限り働いていたい孝平だったが、定年という区切りが訪れた。研究所の後継者も育った。後顧《こうこ》の憂《うれ》いはない。

しかし……。まだやり遂げていないことがあった。それは福島の酒の本格的な復興だった。

孝平が育てたと言っても過言ではない酒蔵が、いい酒を造っている。世評も高い。しかしもっともっとバラエティに富んだ酒が誕生し、事業として大規模になってもらいたい。

一社が大きくなってもいいのだが、それよりも小さな酒蔵がいくつも集まって、福島の酒造りが活気づいて盛んになるのが理想だ。小さくともしっかりした酒蔵がたくさん集まることで、どんな景気の波にも左右されない強さになるに違いない。

これが最後のご奉公だと思い、酒蔵の後継者を見つける仕事に取り組んでいる。

そのために何をしなければいけないか。廃業を検討している酒蔵に翻意《ほんい》を促したり、後継者を見つけたりすることだった。

今日訪れる喜多方の老舗酒蔵の建物は古い。よく言えば歴史を感じさせる建物だが、修繕をしていないため崩れ落ちそうになっているだけだった。

この老舗酒蔵も三百年あまり酒を造り続けてきたが、いよいよ廃業する決断をしたのだ。

子どもに恵まれなかったことが第一の原因。

第二の原因は、この酒蔵が造っている酒が消費者に受け入れられなくなり、売り上げが激減したことだ。この酒蔵が造っている酒は、米の磨きが六十五％程度で、米の味が、はっきりとわかる強い酒だった。しかし時代はそんな酒を求めなくなってしまった。

加えて第三の原因は、福島の酒やその他の果物、米、魚などに対する風評被害が、まだまだ根強く残っていることだ。

国内外を問わず、「フクシマ」と聞けば東亜電力の原発事故を思い出す人が多い。

彼らは、いくつかの地域の産物を選ばねばならない場面に遭遇すると、福島を選ばない。この問題をどうすべきか、どうやったら解決できるか、それが孝平の大きな悩みだった。

声高《こわだか》に安全、安心を叫ぶだけでは解決しないだろう。時間が必要だとはわかっているが、何もせずに時間が過ぎてゆくのを待つことだけはしたくない。

孝平は、風評被害の解決策の一つとして「ストーリー」が必要だと考えていた。福島の食品に人々を感動させるストーリーがあれば、福島を選択してくれるのではないか。人々を勇気づけるストーリーだ。後継者問題の解決に取り組むのも、ストーリー作りの一環になるのではないか。

そう考えて努力していた。

酒蔵の前に、乗ってきた車を停《と》めた。

孝平は蔵元と話をして、なんとか廃業の決断を翻《ひるがえ》らせたいと思っていた。

「こんにちは」

玄関から酒蔵に足を踏み入れた。空気が冷え切っている。薄暗い。太い梁《はり》が組まれた天井には光も差し込んでいない。壁には、数枚の表彰状が飾られている。かつてこの酒蔵が造った酒が、全国新酒鑑評会《かんぴょうかい》で優秀な成績を収めた証だ。

「もったいないなぁ。なんとかこの酒蔵を再興したい」

孝平は、強く決意して、社長が来るのを待った。

「鈴村さん、お待たせしました」

社長が現れた。井口宗太郎《いぐちそうたろう》だ。

「お忙しいところすみません」

孝平は頭を下げた。

井口は、孝平を酒蔵の奥にある事務所に案内した。

既に酒蔵の火を落としているのだろう。従業員は一人もいない。人の活気がないと、空気が埃《ほこり》っぽく感じられる。この酒蔵は、すでに死んでしまっているのだろうか。生き返らせることはできるのだろうか。

「鈴村さんにはいろいろとお世話になりましたが、やっぱり閉めることにしました。寂《さび》しいですね」

「廃業の決断は変わりませんか」

「ええ、残念ですが……」井口の顔が曇った。深い憂鬱《ゆううつ》に沈んでいる。「仏壇の前で、ご先祖様に毎日頭を下げています」

「そうですか。残念ですね」

「本当に悔しくて情けない思いでいっぱいです。何か新しいことでも始められればいいのですが、そんな年でもありませんからね。後は、お迎えを待つばかりです」

井口は、八十歳を過ぎている。酒造りに取り組んでいる時は、年齢を感じさせないエネルギーに溢れていたのだが、今、目の前で悄然《しょうぜん》とする姿には、別人の趣《おもむき》がある。お迎えなどという寂しい言葉が飛び出したが、井口の背後に死神《しにがみ》の姿がぼんやりと見える気がした。

「そんなことを言わないでくださいよ」

「すみません。でもね。酒蔵の経営者が酒の未来を信じなくなったらお終《しま》いですね」

「酒に未来はありませんか？」

「若い蔵元さんは頑張っておられますよ。偉いと思います。私にもそんな時代がありましたから。でもね、この日本で人の口が増えるわけがありません。どんどん減っていくばかりです。それに加えてアルコールを飲む人も減っています。好みも多様化しています。はっきり言って日本酒がその中で勝てるでしょうか？　ましてや私の酒蔵の酒が……って思うと、気力が萎《な》えましてね。若けりゃ、あるいは若い後継者でもいれば、少しは違ったのでしょうがね」

「いくつかの酒蔵さんが廃業されるというので後継者を探しているのですが、なかなか見つからないんです」

孝平は正直に言った。

「そうでしょうね。でも後継者が見つかったからといって、どうなるものでもありません。酒蔵は一旦、火を落としてしまうと、復活が容易ではありません。この建物も古くなりました」

井口は、事務所の窓から見える酒蔵を見つめた。暗い瞳が涙で滲《にじ》んでいる。

「井口さんも後継者をお探しになったのですか？」

「ええ」井口は頷いた。「親戚にも声をかけましたが、いい返事をくれるところはありませんでした。そりゃそうですよね。探している私が酒の未来を信じていないのに、そんな人間に頼まれて後継者になろうっていう人間は現れませんよ。鈴村さんは、酒の未来を信じておられますか」

「はい。信じています」

孝平は、強い口調で言い返した。この信念だけは、ゆるがせにはできない。

「それは頼もしい」

井口が初めて微笑んだ。

事務所にテレビがあった。音量は下げてあったが、映像は流れていた。

そこに、ある男の姿が映しだされた。その時、孝平は電流が走ったように体の中から衝撃を受けた。彼だ、と思った。それは確信だった。彼こそ福島の酒の未来を担ってくれるかもしれない。

孝平はテレビ画面にくぎ付けになった。井口が、不思議そうな顔をしている。

「鈴村さん、どうかされましたか？」

井口が聞いた。

「彼、彼ですよ」

孝平は、テレビ画面を指さした。興奮している。

井口が振り向いてテレビを見た。しかし、その時には男の姿は消えていた。

第二章

ある男

1

光《ひかる》は海を見ていた。今日一日、ずっとここに座っている。風が強いが波はない。後ろには視線を遮《さえぎ》る防潮堤が立っている。視線を右に向けると、東亜電力の福島第一原発が見える。

あれが人生を変えた。

＊

二〇一一年、東北地方を巨大地震が襲った。家々は、倒壊し、人々は逃げまどった。そこに二十メートル、いや、三十メートルもの高さまで津波が襲ってきた。津波の色はどす黒く、襲い来る激しさは怒りに満ちていた。この世の全てを海に引きずり込もうとしているかのようだった。

光は、消防団員だった。人々に避難を呼びかけた。喉《のど》が破れ、血が噴き出ても構わない。あらんかぎりの声で、逃げろ！　逃げろ！　と叫び続けた。

人々は、我先に高台に向かって走っていく。光は、家族を思った。老いた両親と妻、五歳と一歳の娘……。妻には、大地震の際には、自分に構わず家族を連れて逃げろと言ってある。大丈夫と思うしかない。

地震の瞬間に、光は、妻に任せたと言い残して、家を飛び出した。消防団員としての使命感からだ。妻は、気丈にも、あい！　と答えた。

目の前に幼い少女がいる。犬のぬいぐるみを抱いて、激しく泣いている。近所でよく見かける少女だ。確か名前は、智花《ともか》と言った。

「智ちゃん、早く逃げよう。お父さん、お母さんは？」

光は、はやる気持ちを抑えて穏やかに声をかけた。

智花が、光を見て涙を拭《ぬぐ》った。

「おうちがなくなった……」

おそらく父親か母親、あるいはどちらも倒壊した家の下敷きになったのだろう。

「じゃあ、おじさんと一緒に行こう」

光は智花の手を取った。

その時だ。地の底からとどろくような響きが鼓膜《こまく》を揺るがしたかと思うと、すぐそばにどす黒い波が壁のように迫ってきていた。

「うぁ！」

光は、悲鳴を上げた。そして智花を抱いた。

そのまま津波に呑まれた。ものすごい力で押し流される。必死に智花を抱いた。智花も光にしがみついている。

光は、智花を抱いたまま、波に翻弄《ほんろう》され続けた。このままだと引き波で海に運ばれてしまう。

そうなると、海の底に沈み、二度と浮かび上がることはできない。

なんとかしなくてはと思ったその時、波間から頭が出た。目の前に電柱がある。津波にも負けずにしっかりと立っている。コンクリート製の柱だ。これに掴まれば、引き波に体を運ばれないで済むかもしれない。

躊躇《ちゅうちょ》は許されない。光は、智花を抱いていた両手のうち、右手を伸ばして電柱を抱えた。

左腕で智花を抱え、ぬいぐるみを握り締めた。体がちぎられるかと思うほどの力で波が、光を沖へ、沖へと引っ張っていく。引き波に負けるものかと電柱を抱える腕に力を込めた。智花を抱える手に何かが当たった。流木かもしれない。

痛い！

そう思った瞬間、急に腕に力が入らなくなった。

あっ！

その時、智花の悲しそうな目が光を捉えた。

見る間に智花が、光の手を離れ、どす黒い波に連れ去られていく。

智ちゃん！

声を限りに叫んだが、瞬く間に智花は波のかなたに消えてしまった。

光は、智花の名前を叫び続けた。手には、智花の持っていたぬいぐるみだけが残った。

智花の遺体は、今も見つかっていない。智花の両親も、倒壊した家の下敷きになったのだろう。

倒壊した家も遺体も、全て海がさらっていった。

海の中で、家族三人が暮らしているなどと、のどかな景色を思い浮かべるほど、光はロマンチストではない。

どうしてあの時、智花を放してしまったのか。痛み？　そんなもの、理由にならない。自分が助かりたいから、智花を放してしまったのだ。

光は、自分を責めた。責め続けた。

津波が収まった後、智花の姿を捜そうと思った。しかし、荒波港に近づくこともできなかった。東亜電力福島第一原発が、メルトダウンを起こし、高濃度の放射性物質が放出されてしまったからだ。

智花は冷たい海の水に洗われたまま、誰にも捜索されずに海岸に放置されているかもしれない。そう思うと、やり切れなかった。自分は助かり、どうして智花が死ななければならなかったのか。命の選別はいったい誰がしているのだろうか。

神が存在するというなら答えてほしい。智花の方が、光より未来があるはずだからだ。

数週間の後、光たち消防団員は、津波の現場に、立ち入ることが許された。想像以上に腐敗の進んだ遺体があちこちに遺《のこ》されていた。体が瓦礫《がれき》の中に埋まり、手だけ空に向けている者、苦痛にゆがんだ表情で、光を睨《にら》みつけている者……。地獄絵図さながらだった。

光は、智花を捜した。しかしほんのささやかな痕跡も見つけることができなかった。

「ひどいもんだな」

同僚の消防団員が呟いた。

光は、その場に泣き崩れた。

「どうした矢吹《やぶき》……」

驚いて同僚が光の顔を覗き込んだ。

「俺は、智ちゃんを殺してしまった。俺が、もう少ししっかり抱えていれば……」

光は、呻《うめ》いた。

同僚は、光が智花を助けようとして助けられなかったことを知っていた。

「お前のせいじゃない。精一杯、やったんだ」

同僚は、光の背中を軽く叩《たた》いた。

同僚の言葉は、慰めにならなかった。

智花の、あの悲しい目が忘れられない。網膜に焼き付いてしまった。

光は、涙を拭って立ち上がった。

「お前の酒蔵、完全になくなってしまったなぁ」

同僚が、瓦礫が果てしなく続く浜を眺めて言った。そこには光の酒蔵があった。古く、黒光りする柱と漆喰《しっくい》の壁で造られた建物だった。

光は、荒波町の老舗酒蔵・矢吹酒造所を父の清市《せいいち》とともに経営していた。清市が七代目、光が八代目になる。

先祖は、海運業を営んでいた。そこから酒造りに転じた。

矢吹酒造所の銘柄は、「福《ふく》の壽《ことぶき》」である。漁業の街である荒波町では祝儀《しゅうぎ》、不祝儀《ぶ》を問わず「福の壽」を囲むのが習わしになっていた。

葬儀でも「福の壽」の一升瓶《いっしょうびん》が直会《なおらい》に出されるのである。故人が、幸せに十万億土に旅立つのを祝うのだ。

「福の壽」は、地元の荒波町で収穫される米で造られていた。地元の米、地元の水で造られる酒は、荒波町の人にとって誇りだった。

酒蔵は、海に臨むところにあった。海岸から数百メートルしか離れていなかった。

「福の壽」は、潮の味がする、飲んでいると体に潮風を感じるというのが評判だった。強く逞《たくま》しい海の男の酒だった。

その酒蔵が津波で流されてしまった。跡形もない。二百年以上の歴史が海に沈んでしまったのだ。

「何もかもなくなったよ。米もな」

矢吹酒造所のために酒米《さかまい》を作ってくれていた農家は一家全員が津波の犠牲になってしまった。

「米もか？」

「ああ、米を作ってくれていた里見《さとみ》さん一家もみんな流された」

「ひどいなぁ」

「ひどい」光は、同僚に向き直り、その胸倉を両手で摑んだ。同僚がのけぞった。

「酒は造れるのか？」

同僚が聞いた。

「そんなこと、今は考えられない」

「そうだよな。俺だって、明日どうなるかなんてわからん。家族が助かっただけでもよしとするしかない」

「なあ、俺たち何か悪いことをしたか？　いや、俺はしたかもしれん。しかし智ちゃんはしてないぞ。未来しかないはずだ。里見さんだってそうだ。旨い米を作ろうと頑張っていたんだぞ」

光は、怒っていた。

「おいおい、苦しいから止めてくれよ。誰も悪くはないさ。自然には逆らえない」

同僚は苦しそうに表情を歪めた。

「本当にそうか？　俺たちは、やられっぱなしなのか」

「仲間の消防団員だって何人も亡くなったんだ。奴《やつ》らにだって悪いところはない。人を助けようと行動した結果、亡くなった。俺たちも同じだ。ここにいるのはたまたま運がよかっただけだ」

「運か？」

「そうだ。運だ。そうとしか言いようがない」

「何かあるから生かされたのと違うのか」

「そんなことを言うのは、坊さんだけだ。運だ。それだけだ。あいつらが死に、俺たちが生き残った。そこに誰の意志も働いていない。ただの運だ、偶然だ」

「意味はない？」

「ない。もしあったら死んだ奴らに申し訳ないだろう。生き残るのに意味があるなら、死ぬのにも意味があることになる。そんな意味があると思うか？」

同僚は、光以上に怒りを露《あら》わにした。

「あれもか。あれも偶然か？　あれも運が悪かっただけか？」

光は、メルトダウンを起こした東亜電力福島第一原発を指さした。遠くに塔が数本立っているのが見える。崩れ落ちそうになっている排気筒だ。

「それはわからん。あの事故が津波のせいなのか、どうかはわからん。しかし、事故であれば、必ず原因がある。いずれ明らかになるだろう」

「あれが放射性物質さえばらまかなければ、もっと早く被災者を救出できたはずだ。死ななくてもいい人が亡くなった。そうは、思わないか……」

「そうだな。でも放射線の被害は、これから長い間、生き残った俺たちを苦しめることになるぞ」

同僚は、恨めしそうに原発を見つめた。

＊

「矢吹さん、また海を見ているのかい」

海へ突き出した港の堤防に座っている光に声をかけてきたのは、網元の中藤豪一《なかふじごういち》だ。

七十歳を過ぎているが、まだまだ元気で、荒波港の漁業を仕切っている。

「はい」

「ちょっと座っていいかな」

中藤は、断ると同時に、光の傍《そば》に座った。

「もう十二年も経つんだな」

中藤も光と同じように海を眺めている。

「はい。十二年経ちました」

「時が、なんでも解決してくれる、心も癒やしてくれるというが、あれは嘘《うそ》だな」

「そうですね」

光は、答えた。

「智ちゃんの遺体はまだ見つからないんだな」

「ご両親も、まだです」

「海の中で、一緒に暮らしていると思うしかないわな」中藤は、光の手の中のぬいぐるみを見た。

「それは智ちゃんのか」

「ええ、智ちゃんのです。これだけが手元に残ったのです。それで私が預かっています。いつか智ちゃんが見つかったら、一緒に埋葬してあげようと思いましてね」

「それはいい心がけだ。ところで矢吹さんのご家族は？」

「米沢にいます。父も元気です。ぶつぶつ言っていますが。妻は、銀行で働かせてもらっています。子どもたちも地元の学校に……」

光の家族は、避難先の米沢に落ち着いてしまった。十二年という時間は、それだけ長いということだろう。幼かった二人の娘も、米沢の中学、高校に通っている。

光だけが、荒波町に残り、かつて先祖がそうだったように、港に関係する運送業を営んでいる。会社という規模ではない。一人でトラックに魚などを積み込み、近郊に運んでいるのだ。

「そうかね」中藤は、微笑みを浮かべた。「もういいんじゃないか。海を見るのも……。智ちゃんが亡くなったのは矢吹さんの責任じゃないから」

「ありがとうございます」光は、中藤に振り向いた。「でも、時々、ここに来て、海を見ないと落ち着かなくて……。智ちゃんが、寂しいのではないかと思いましてね」

智花が波に呑み込まれ、沖に運ばれた時の悲しい目が、まだ光の網膜に焼き付いている。それが不意に鮮明な映像となって目の前に映し出される。そんな時、光はここに来て、海を眺めるのだ。そして無言で智花に語り掛ける。

「酒は造らないのか？　あんたのところの酒がなくなって久しいのだが、寂しくてたまらん」

「長い時間が経ちましたから、もううちの酒なんかどこも扱ってくれません。それに第一、蔵がありません」

光は中藤に寂しそうな笑みを向けた。なぜ笑みを浮かべたのかわからないが、そうするほかないと思ったのだ。

「過去に引きずられるんじゃない。もう随分時間が経ったんだ。前を向け。人間は、前にしか目がないんだ。だから前を向いて歩くしかない」

「網元は、前向きですね」

光は、中藤を見て、微笑した。

「ははは……。人はいつか死ぬ。それまでは生かされたことに感謝して生きるんだ」中藤は、光を見つめて「なあ、矢吹さんのところの酒は、荒波町のために必要なんだよ。そう思って、矢吹さんが動き出すのをみんな待っているんだ。待っている人のことを考えてくれ」

「いつも網元には温かい言葉をかけてもらって申し訳ないです。ところで網元のところも大変なのでしょう？　処理水の放出が始まりますから」

東亜電力福島第一原発の廃炉に向けての作業が進行しているが、原発に流れ込む地下水が放射性物質に汚染されてしまっている。海にそのまま放出するわけにもいかないため、放射性物質を取り除き、タンクに保管し続けている。そのタンクがもはや原発の敷地いっぱいになってしまったのだ。そこで政府は、処理水を国際基準に則って希釈《きしやく》し、海に放出することにした。漁業関係者や中国などから反対の声があるが、実施されることになる。

「まあな、また風評被害が大きくならなければいいがね。科学が安全と証明してくれても、安心とは違うからな。しかしどんなことがあっても海が俺らの仕事場だ。俺たちから全てを奪った海だが、反対に全てを与えてくれるのも海だ。全てを奪った海は、今度は、きっと全てを与えてくれるだろう。俺は、そう信じている」中藤は強く言った。「そうだ、矢吹さんのことをテレビで放送していたね。反響はあったかい？」

「特にありません。海を眺め続けて十二年も経ってしまったバカな造り酒屋の主人を映して何が面白いのかと言ったのですが……」

「放送は、見たのかい？」

「いいえ、見ていません。どうせ過去にしがみついている酒屋のオヤジが可哀想《かわいそう》だっていう放送でしょう」

光は、寂しそうに笑った。

「いや、そうでもない。矢吹さんの座っている隣に、『福の壽』が置いてあっただろう」

「ええ、あれは津波で流された蔵の中にあったものです。瓦礫の中から何本か見つかりました。

そのうちの一本です」

「そうなのかい？　地震と津波に耐えたんだな。立派な酒じゃないか。運がいい。それでだなぁ、あの酒を見た連中が、飲みたいなぁって。大漁旗を掲げて『福の壽』の一升瓶を抱えて、皆で歌って、踊って……。あの頃みたいに」中藤は、光の表情を窺《うかが》うように覗き込み、立ち上がった。

「さあ、俺も海に戻るわ」

光の目から、涙が落ちた。中藤の励ましが、心を揺さぶっている。地震、津波、そして原発事故から十二年も経った。

——今さら何ができるというのか。光は、思った。

酒を造っても、酒販店がそれを扱ってくれるとも思えない。一年間、酒販店の棚を空けただけで、そこにはもう別の銘柄の酒が並んでいる。

震災当初には、「どうだ？　『福の壽』は造れるのか」という声もあったが、今となっては、酒販店からは何も言ってこない。彼らにも忘れられたのだ。

日本酒の需要は減少する一方だ。少子高齢化で人口が減少する。人の口は一つしかない。高齢者は、ますます酒を飲まなくなる。若者は、もっと酒を飲まないし、飲んでも好みが多様化している。日本酒を選択する可能性は少ない。海外？　それもあるだろう。しかし、海外で日本酒を売るのは、並大抵のことではない。

光は、かなり前、友人たちとアメリカに行った。日本酒の可能性を探るためだった。

ニューヨーク、マイアミ、ロサンゼルス、シアトル、シカゴとアメリカを一周する旅だった。

費用はかかったが、成果はと問われると、アメリカ進出についての否定的な考えを改めて抱くことになった。

どのショップにもあった日本のものは、キッコーマンの醬油《しょうゆ》だけだった。日本酒は、在米日本人のための日本食材ショップに、わずかにあるだけだった。

キッコーマンの醬油は、数十年に亘《わた》って現地生産をしているから、どこのショップにも置いてあるのだ。

それでは日本酒を現地生産するかと言われれば、資本金がとてつもなくかかるだろう。それに日本の米で、日本の水で造らない日本酒を日本酒と言っていいのかというこだわりもある。

不意に、智花の顔が浮かんだ。珍しく笑顔だ。

——大人になった智ちゃんに『福の壽』を飲んでもらいたい……。

馬鹿なことを考えてしまったと、光は苦笑した。

2

光は、空を見上げた。真っ青な空だ。宇宙の果てから見れば、震災から十二年も経ったといっても、それはほんの一瞬にすぎない。

時間は、過去から未来へ、川のように上流から下流に向かって流れているのだろうか。それならば自分は、どこにいるのだろうか。筏《いかだ》に乗って下流に流されているのだろうか。下流が未来なのだろうか。一本の川しかないなら、未来は一つしかないことになる。あらかじめ決められたところに行きつくだけだ。

光の時間は、ずっと止まったままだ。あの日から……。

だから智花は、今も目の前にいる。智花は、ずっと光にすがって助けを求めている。一方、助けを求めながら、『おじちゃん、おじちゃん』と光を励まし続けているのかもしれない。

止まっているだけの光の周囲の景色が変わっていく。瓦礫の山は撤去され、街は高台に移り、人々は港から離れてしまった。矢吹酒造所があったところには、セイタカアワダチソウなどの外来植物がわが物顔で繁茂《はんも》している。誰も切ったり、抜いたりしない。除去しても放射能汚染の可能性があるから、それらをどこに廃棄していいかわからない。

いつの日か酒造所の辺りは、木が生長して枝や葉を伸ばし、野鳥が飛び、さえずり、運よく生き残った森の動物たちのたまり場になるかもしれない。

光の周囲の景色の変化が時間というものを意識させるだけで、光には、あの時しかない。その意味で、時間が止まっている。そんな光が未来について想像を及ぼすことはない。

「お父さん、やっぱりここだ」

透明な声に、驚き、光が振り向くと、二人の女の子が立っていた。

娘の凪子《なぎこ》と陽子《はるこ》だ。

凪子は、十七歳。陽子は十三歳。震災の時は、それぞれ五歳と一歳だった。

妻の咲子《さきこ》は、消防団員として救助に行かねばならない光に代わって二人の娘と父の清市、母の十和子《とわこ》を連れて、高台に逃げた。

「来てたのか?」

「来てたのかじゃないさ。今日は、みんなで夕飯を食べようって、わざわざ米沢から来たんじゃないの」

　凪子がすねたように言った。

「そうだったな」

　光は立ち上がった。手にはぬいぐるみをしっかりと持っていた。

「忘れていたの？」

　陽子が言った。彼女も少しすねていた。

「忘れてはいないさ。でもここで少し風に当たりたかったんだ」

　光は微笑した。

「そのぬいぐるみは亡くなった女の子のものだね」

　陽子が言った。

「ああ、もし生きていれば、ナギより少し下くらいかな」

「お父さんが助けようとしたんだよね」

「そうなんだが、助けられなかった。まだこの海のどこかで一人でいるはずなんだ。寂しいだろうと思ってね。お父さんは、時々、ここに来ているってわけだ」

「可哀想だね。まだ海の中にいるんだ。お父さん、お母さんが心配しているんだろうね」

「お父さん、お母さんも亡くなってね。三人とも、遺体は見つかっていない……。だから時々、お父さんがここに来て女の子のことを思い出してあげているんだ」

　光は、海を見つめた。

「ねえ、ハルがね、お父さんはお酒、造っていたのって聞いてたよ」

光は、陽子を驚いた顔で見つめた。

陽子は、首をすくめ、上目づかいに光を見つめた。

「だってテレビで、そんなこと言っていたから……」

光は、陽子の肩に手を置いた。「ハルは地震の時、たった一歳だったからな。そうだよ。お父さんはお酒を造っていたんだよ。ナギは覚えているだろう?」

瓜子を見つめた。

「お父さんがお酒を造っていたこと?」

瓜子の質問に、光が頷く。

「少しね」瓜子は、困ったような表情で、親指と人差し指で狭い間を作った。「あんまりよく覚えていないんだ。あの頃の記憶は、ちょっとぼんやりしている。ごめんね」

「いいよ。謝らなくても」

光は苦笑した。

五歳だった瓜子は、光が酒を造っている時、よく蔵で遊んでいた。覚えていないはずはないのだが、地震の恐怖が、あの頃の記憶を塞《ふさ》いでしまっているのだろう。

「行こうか」

光は、手を差し出して瓜子と陽子の手を取り、歩き始めた。

光が借りているアパートに清市、十和子、咲子が待っている。月に一回の逢瀬《おうせ》だ。家族が一緒に暮らすことが望ましいが、十二年という時間が彼らに米沢での暮らしを定着させてしまった。いつまでも離れて暮らすわけにはいかない。いずれ光は、ここに残るか、去るかを決断しなくてはならない。

「お父さんに、どうしてお酒を造らないの。お母さんがね、お父さんの造るお酒はとびきり美味《おい》しかったって言っていたよ」

陽子が、光を見つめた。

陽子は、中学生になり、背がぐんと伸びた。今では、目線が光に近づいてきている。

「何もかもなくなってしまったからな」

「ナギも二十歳《はたち》になったら、お父さんのお酒を飲みたかったのに……」

凪子が言った。

「そうか……。それは悪いことをしたな」

光は、凪子に頭を下げた。

「本当に美味しいお酒なら、みんなが造って欲しいんじゃないのかなぁ。お母さんが、美味しいって言っていたのは、身びいきなのかな」

陽子は、空を見上げた。

「そんなことないよ。本当に美味しかったんだって。米沢で近所の人も話してたから」

凪子が言った。

「ほほう、米沢の人も褒めてくれていたのか？　あそこには旨い酒がいくらでもあるのにね」

「そうだよ。褒めてたよ。『福の壽』がなければ、荒波町は、復興しないって。あれは究極のテロワールだって」凪子が、光の腕を揺らす。「テロワールって知ってる？」

「ああ、少しなら」

「何？　テロワールって」

　陽子が瓜子に聞いた。

「その土地の風土が育んだお酒のことを言うんだって。海には海の、山には山のお酒があるでしょう？」

「地産地消ってこと？」

「うーん」瓜子が渋い顔になった。「そうには違いないけど。もう少しカッコいいんじゃない。テロワールってさ。荒波町の海の香りがするお酒ってことかな。会津や米沢は、海がないから、山の涼やかな風を感じるんじゃないかな」

「ナギは、なかなかの評論家だな」

　光は微笑んだ。

「お父さんは、そんなテロ……なんとかってお酒、造っていたんだね。カッコいい。ハルが、大きくなってお酒を飲めるようになったら造ってよ。お父さんのお酒、飲みたいな」

　陽子が頬を緩めた。

　光は、何も答えなかった。心の中で、陽子に謝った。現実問題として酒造りは不可能なのだ。蔵があったとしても、『福の壽』の味と香りを決めていた酵母《こうぼ》がない。あの酵母がなければ、『福の壽』は造れない。津波で海の底へと引きずり込まれてしまったのだ。

「あの……亡くなった女の子は何て名前だったの？」

　陽子が聞いた。

「智花ちゃんだ」

光は答えた。

「私、一緒に遊んだことがある。うちの近所だったもの」

凪子が言った。

「そうだね。笑顔がかわいい子だったよ」

「智花ちゃんはお父さんがお酒造りを始めるのを待っているかもしれない」

凪子が言った。真面目な顔だ。

「どうしてそう思うんだ?」

「今、思い出したけどさ。智花ちゃんや近所の子たちと、うちの蔵で遊んだことがあった。その時、智花ちゃんが、『私、この匂い好き』って言ったよ。お酒の匂いが好きなんだって。みんな、驚いてさ。『お酒飲み』になるよって笑ったの。智花ちゃんは、『この匂いはお父さんが飲んでいるお酒の匂いだって……』」

「智ちゃんが、そんなことをね」

光は小さく頷いた。

「海の底で、智花ちゃんが、お父さんの造るお酒、待っているかもよ」

凪子が微笑んだ。

光は、深い海の底で、智花と彼女の両親が食卓を囲んでいる姿を想像した。そこには『福の壽』が置かれていた。それは津波で海の底に運ばれたものだった。

幼い智花が、『福の壽』を両手で抱え、父親が差し出すグラスに注ぎ入れている。父親は、嬉しそうに頬を緩めて、智花の酌《しやく》を受けている。

「海の底には、たくさんの『福の壽』が沈んでいる。津波は、出荷前の酒をほとんどさらっていったからな」

光は、なぜ自分は酒造りを諦めてしまったのかと考えた。

酵母がない、蔵がない……。それらも理由の一つに違いないが、この地が、荒波町の地が、まだ祝福を受けていないことが最大の理由のような気がした。

海へ向かう浜には、活気がない。漁師の数も減ってしまった。町があったところには、松の苗木が植えられている。やがてそれが育って、津波を防ぐ松林になるのだろうが、人はいない。

海風、山風を受けて育った米を使い、この地の底から何千年もの間、湧き続けている清い水を使い……それでこそ『福の壽』が完成する。

そのどれが欠けても、光が求める『福の壽』にはならないのだ。そんなこだわりが、光を酒造りから遠ざけてしまっているのではないだろうか。

「十二年も経つと、海の底に沈んだお酒も、亡くなった人たちが、みんな飲んでしまったかもよ」

凪子が笑いながら言い、光に手を振りながら駆け出した。

「姉ちゃん！」

陽子も駆け出した。

「おーい、転ぶなよ」

光は声を上げ、二人の後を追って駆け出した。

3

港を出ようとした時、目の前に若者が立っているのに気づいた。光を見ているようだ。光は、走るのを止めた。

凪子と陽子も止まった。

若者は動かず、じっと光を見ている。この辺りの者ではない。すらりとした体軀《たいく》で、目鼻立ちが整っている。

「ねえ、お父さん、あの人、こっちを見ているよね」

陽子が言った。

「そうみたいだ」

光が答えた。

「知り合い？」

凪子が聞いた。

光は首を振った。

若者が、光に向かって歩いてくる。

光は、戸惑った。二人の娘に危害を加えられるかもしれない。凪子と、陽子は、光の背後に隠れるようにした。

しかし、若者は危害を加えるようなタイプに見えない。ぎこちないが、光に笑顔を向けている。

「わりにカッコいい人だ」

陽子が言った。

「何、暢気《のんき》なこと言っているの。人は見かけによらないって言うでしょう」

凪子が窘《たしな》めた。

若者が目の前に来た。光は、わずかに身構えた。凪子と陽子が、光の服の裾をしっかりと摑んでいる。警戒しながら、背後から若者の様子を探っている。

「あのぅ、矢吹光さんですよね」

若者が言った。

「はい、そうですが、何か？」

光は、硬い声で返事をした。

「ああ、よかった。やっぱりここに来れば、会えると思っていたんだ。ドンピシャだ」

若者は、嬉しそうに相好《そうごう》を崩し、右の拳《こぶし》を握りしめた。自分の予想が当たって、喜んでいるようだ。

「何か？　私にご用ですか」

光の質問に対して、若者は真剣な表情になり、姿勢を正した。そして「私を弟子にしてください」と言うなり、深く頭を下げた。「っていうか、弟子というよりも一緒に酒造りをさせてください」

光は驚いた。

何を言い出すのかと思ったら、酒造りを一緒にやりたいというのだ。この若者は、どこかの酒造会社の回し者なのか。

「お父さん、この人、何言っているの？」

凪子が少し怯《おび》えている。

「わからない」

光は、首を傾げた。

「一緒に酒を造りたいのです。造らせてください」

若者は言った。

「これから、家族で夕食なんです。急ぎますから、失礼します」

光は、凪子と陽子の手をつかんで歩き出した。

若者への答えは無視した。あまりにも唐突すぎて、質問の意図がわからない。今、光は酒を造っていないし、造ろうともしていない。

「驚かれたと思います。でも思い付き以外のなんでもないのです。私、高城浩紀と言います。東京の新宿にあるA大学に通っています。実は、荒波町出身なのです。あのテレビを見たんです。それでどうしても矢吹さんと一緒に酒造りをしたくなって……」

浩紀と名乗った若者は、光の歩みを遮るように正面に立っている。返事を聞くまで動かないといった様子だ。

「荒波町出身なのですか？」

光は立ち止まって若者を見た。

「はい、そうです。米沢へ両親と一緒に避難して、私は今年の春、A大学に入りました」

浩紀ははきはきとした口調で言った。

「A大ってすごいんだよ。偏差値高いんだから」

凪子が光に言った。

「へぇ、どうしてそんな人が、ここでお父さんにお酒を一緒に造りたいって頼んでいるの?」

陽子が、光を見て、首を傾げた。

光は、浩紀をしばらく見つめていた。

浩紀も、何も言わず、光を見つめている。

「浩紀君と言ったね」

光がようやく口を開いた。

「はい」

浩紀の表情が硬い。

「もしよければ私の家に来ないか。今夜、両親と私たち家族で」光は、凪子と陽子を見て、「久しぶりに一緒に夕飯を食べるんだ。普段、離れて暮らしているからね。いいかな? 大したごちそうはないけどね」

光が微笑んだ。

「いいんですか?」

浩紀の表情が喜びで緩んだ。

「いいな? ナギ、ハル」

光は二人に同意を求めた。

「うん、いいよ。人数が多いほど楽しいから」

陽子が言った。

「いいけど……。本当にA大の人なの？」

凪子が疑いの目で浩紀を見た。

「これ」浩紀は、何かを光に差し出した。「A大の学生証です」

「まあ、いい。そんなもの見たって本物かどうかわからない。いずれにしても話を聞くから。一緒に来てください」

光は歩き出した。凪子と陽子が手招いている。

「はい、ありがとうございます」

浩紀の表情が輝いた。

4

「お前、どうした？」

父親の哲治《てつはる》は、目の前に現れた真由美を見て、目を瞠った。

「帰ってきちゃった。いいなぁ。この山の緑。空気が美味しい。山から吹き下ろしてくる風が気持ちいい」

真由美は、大きく伸びをした。傍らには大きめのスーツケースがある。

「おい、真由美が、真由美が、帰ってきたぞ」

哲治が、家の奥に向かって声をかけた。

奥から、走ってきたのは、母親の路子《みちこ》だ。

路子も目の前に真由美がいるのを現実として捉えられないのか、戸惑いが顔に表れている。

「お前、本当に真由美だろうね」

路子が聞いた。

「あははは」真由美は、声を上げて笑い、「幽霊じゃないよ。ちゃんと足があるから」と言った。

「まあ、そこに立っているのもなんだから、中に入れ」

哲治に促され、真由美はスーツケースを持ち上げた。

「蔵の外、ぐるっと見たけど、かなり傷《いた》んでるね。漆喰の白壁も少し崩れているところがあるし、『会津華』の看板も色褪《あ》せている……」

「まあな、ワシと路子だけで酒を造っているんだから、仕方がない。荷物、持とうか？」

「大丈夫だよ」

真由美は答えた。

会津華酒造は、かつては多くの従業員や杜氏を抱えて、酒造りをしていたが、今では、哲治と路子だけで全ての作業をこなしている。製造する「会津華」はたいした量ではないため、大半が地元の福島で消費され、大消費地である東京に出回ることはない。一部、好事家の間で、「幻の酒」などと言われることがあるが、哲治は、本当に幻となってしまう風前の灯《ともしび》のような酒だと考えていた。哲治が年老いたからだ。もう、それほど長くは続けられないと覚悟していた。

居間に真由美は座った。目の前に深刻な表情の哲治がいる。その隣には、心配そうな様子の路子がいる。

テーブルには、茶と漬物が置かれている。

「休みを取ったのか？　連絡してから帰ってきたらいいのに……」

哲治が聞いた。警戒している様子だ。娘に何があったのか、早く知りたいが、知るのが怖いという気持ちなのだ。

「うん、そうじゃない」

「そうじゃないって？」

「会社、辞めてきた」

「なんだって？」

哲治が驚き、真由美と路子の顔を交互に見た。

「辞めたって、どういうことなの？」

路子が冷静に聞いた。

「ちょっとね」真由美は、小首を傾げ、「自分のやっていることに意味を見出《みいだ》せなくなったの」と言った。

「どういうことだ。デザイン学校に行きたいと言うから行かせてやり、東京で仕事をしたいと言うから、家を出るのを許したんだぞ。それに今の会社はデザインの才能を発揮できるから、頑張ると言っていたんじゃないのか？」

哲治が、真由美の真意を見抜こうと、言葉を選んでいる。

「うーん」真由美は、眉根を寄せて「そうだったんだけどね。コロナでね」と言った。

「コロナで誰とも接触しなくなったの。オンラインで仕事の指示を受け、アパートで仕事をして会社に送ると、今はオンラインで指導が入るだけ。オンラインで上司とだけ話していると、この人、本当に人間かなって思うようになったの」

「本当の人間じゃないのか？」

「人間だと思うよ。でもね、コストとプロフィット、費用と利益のことしか言わない。冗談も何も言わない。笑いもしない。それで毎日、パソコンを通じて顔を見ていると、この人って、本当に人間なのかなって思うようになってきたのよ。そうなると、もうイヤだっていう気持ちが募《つの》ってきて……」

「わかったような、わからないような……。それでこれからどうするんだ？」

「お酒、造るよ」

真由美は、あまりたいしたことでもないかのように軽く言った。

「真由美、今、なんて言ったの？」

路子が聞き返した。

「お父さんからお酒の造り方を学びたいと思う」

真由美は、真面目な顔で哲治を見た。

「会津華酒造の後継者になろうというのか？」

哲治の険しい視線が真由美を捉えた。

「そういうことになるかな？」

真由美が答えた。

「せっかく東京で仕事をしていたのを途中で放棄するのか。コンピュータと顔を突き合わすのが嫌になったという理由で……」

哲治の質問に真由美はコクリと頷き、「もっと人間らしい仕事がしたいと思ったの」と言った。

「ねえ、あなた。真由美が帰ってきて、『会津華』を引き継いでくれるなんていいことじゃない」

路子が哲治を見た。

「お前は、黙ってろ」哲治が路子を叱った。「本気なのか」

「本気です」

真由美は言った。

「要するに東京での暮らしに疲れたってことだろう。そんな根性で酒が造れるか！　どうせ、また嫌になって東京に行くって言うだけだ。酒造りを甘く見るな」

哲治は、語気荒く言い、怒りを顔に表した。

「甘く見ていないって」

真由美は反論した。

「反論するのが、甘く見ているってことだ。俺は二百年以上の伝統がある会津華酒造を必死に守ってきた。酒に未来があるのかとか、酒造りが面白いとか、人間らしい仕事なのかとか、そんなこと、ごちゃごちゃ考えたことはない。ただ先祖代々の仕事を守らねばならないと必死だった。それだけだ。しかし、もう無理だ。俺の代で終わりにする覚悟を固めている。お前のような甘っちょろい奴に『会津華』は継がせられない」

哲治は、怒って立ち上がろうとした。

「お父さん、待って」

真由美は、哲治にしがみついた。目が潤《うる》んでいる。涙を流している。

「私、本気なの。信じて」

哲治は、再び、座り直した。

「本当なのか」

哲治の問いかけに、真由美は、涙を溢れさせながら、「うん」と頷いた。

「テレビ、見たの」

「テレビ?」

哲治が首を傾げた。

「『福の壽』って知ってる?」

「ああ、知っている。津波で蔵が流されて、もう酒は造っていない」

「その蔵元の人がテレビに出ていた。座って海を見ていた。その隣に『福の壽』が置いてあった。あのお酒があって初めて荒波町が本当に復興するんだって。ナレーションで言っていた。その瞬間に、『会津華』をこのままにしておけないって思ったの。もし『会津華』がなくなったら、会津は、福島は、終わるって。私ができることは少ないけど、やらねばならないことは、これだって思った……。わかってくれる?」

真由美は、哲治の目をじっと見つめた。

哲治は、「本気なのか」ともう一度聞いた。

「本気です」

真由美は大きく頷いた。

「ねえ、あなた。真由美の気持ちを大事にしましょう」

路子が言った。笑顔だ。目を潤ませている。

「わかった。お前にワシの酒造りの全てを教えてやる。厳しいぞ」

「ありがとう。お父さん」真由美は涙を拭った。「私、『福の壽』の人に会ってくる。私の決意を伝えたい」

「会ってどうするんだ」

「私も酒を造るから、『福の壽』を造ってくださいって頼んでみる。そうでないと、本当の福島の復興はないって言いたい」

「矢吹光さんだ」

「そう、矢吹さんっていうのよ。お父さん、知っているの？」

「ああ、昔、一緒に酒造りの勉強をしていた仲だ。若いが熱心な人だった」

「そうだったの？」

真由美は哲治が光を知っていたことに驚いた。

「会ってこい。『福の壽』というのは、本物の地元の酒だ。これも何かの縁だ。お前を連れ戻してくれたのだからな」

哲治が微笑んだ。

5

鈴村孝平が受話器を取ると、「見ました!」という声が勢いよく飛び込んできた。

「だ、誰?」

「田村慎一です。『國誉』です」

「ああ、田村さん、どうしました?」

「見ましたか?」

「何を?」

「矢吹さんのテレビニュースです」

慎一が言った。

孝平も同じテレビニュースを見て、誰かに話をしたくてたまらないと思っていたところだった。

「見ました、見ましたよ」

「どう思いました?」

「いやぁ、私も誰かに話したくって、相手を考えていたところです」

「どうしますか?」

田村が聞いた。

「どうしましょうか?」

孝平が聞いた。

「矢吹さんにもう一度酒を造らせましょう」

「それですよ。それ！　荒波町の復興のためにも、福島の本当の復興のためにも、地元の酒は必要です。地元が誇るべき酒は、先祖が長くつないできた歴史です。それが途絶えてしまっているのに、復興だなんておかしいと思います」

孝平は強く言った。

「そうなんです。その通りなんです。私は『國誉』のことばかり考えてきました。特に震災後は、苦しかったから。原発の風評被害もあって、『國誉』だって売れ行きが芳《かんば》しくなかった。だから他のことを考える余裕すらなかった。でも、自分の酒蔵のことだけ考えているのが、虚しくなったんです。私がやるべきことは、他にもあるんじゃないかって」

慎一は興奮している。そのことが、電話を通して孝平にも伝わってくる。

「でも、十二年ですよ。その間、矢吹さんは酒を造っていない。諦めているんです。できますかね」

孝平は、懸念を伝えた。

「きっとできますよ。私たちが背中を押せば……。福島の酒造りの歴史を考えれば、十二年なんてほんの短い期間ですよ」

「矢吹さんが酒造りに復帰して見事に『福の壽』を市場に出してくれた時が、福島の復興が本物だってことになりますね」

「その通りです。原発に一番近くて、今回の処理水の海洋放出など、次々と問題が押し寄せる、そう津波みたいにね。その荒波町の酒が、全国新酒鑑評会で金賞に輝けば最高です。鈴村さん、一緒に矢吹さんの背中を押しましょう」

「わかりました。やりましょう。でも矢吹さんは、私たち醸造研究者が作った酵母では酒を造らないって言うでしょうね。昔から蔵付き酵母にこだわっていましたから」

「水にも米にも……。好適米や山田錦《やまだにしき》を使わず、荒波町の米と水で造ったのが『福の壽』だってね。だから地元の人の細胞の一つ一つに酒が染み込んでいくんだって」

「究極のテロワール」

「そう、そうです。究極のテロワール。矢吹酒造所の蔵は流されたし、どこか瓦礫の中にでも酵母が残っていませんかね」

慎一が言った。

孝平が聞いた。

「ハイテクプラザに吉岡貢《よしおかみつぐ》っていう研究員がいるのをご存じですか？」

「ええ、知っています。ちょっと変わり者で、こだわりの人ですね」

「そうです。彼なら、ひょっとして矢吹さんの酒蔵の酵母を保管しているかもしれないです。彼は、福島中の酒蔵の酵母を集めて、分析していましたから。その中で酒造りに最適なものを抽出しようとしていました。私は、その話を聞いて、すごい仕事だなと感心しました。まだ研究を続けているはずです」

「吉岡さんに、私の蔵の酵母を提供したことを思い出しました。でも十二年も経っていますからね」

「案ずるより産むが易《やす》し、です。早速、彼に聞いてみます」

「私は、何ができるか考えてみます。一緒に矢吹さんを説得しましょう」

慎一は強く言った。

「やりましょう」

孝平も答えた。そして同時に、矢吹光の顔を思い浮かべた。

「あの頑固者をなんとか口説かねばならない。これは福島のためだ……」

孝平は、受話器を置きながら呟いた。

第三章

光を継ぐ者

1

「荒波町の出身なんだね。浩紀君は？」

「はい。海寄りではありませんが、山の方です。ですから実家は米作り農家でした。今は、米沢で居酒屋をやっています」

浩紀は屈託ない様子だ。

テーブルには、寿司や刺身、イカ人参《にんじん》、荒波町名物と言われる焼きそば、餃子《ギョーザ》、サラダなどが溢れんばかりに並んでいる。

それを囲んで清市、十和子、咲子、凪子、陽子、そして光と浩紀がいる。

清市は、会津の酒「國誉」をグラスで飲んでいる。

「父が映ったニュースを見て、お酒を造りたいと思ったのですか？」

凪子が聞いた。

「はい」浩紀は答えた。口の中には、餃子が入っている。「この餃子、旨いですね。福島って餃子も旨いですから。全国的には浜松《はままつ》や宇都宮《うつのみや》の餃子が有名ですが、福島餃子ももっと宣伝すればいいと思います」

「ぷふっ」

陽子が、思わず噴き出した。寿司を食べていたので、慌てて口を押さえた。

「何か、おかしなことを言いましたか」

浩紀が聞いた。

「だって、お酒のことを相談しに来たんでしょう？　それなのに餃子のことばかりなんだもの」

陽子が笑った。

「そうですね。おかしいと言えば、おかしいですね。でも、僕は福島が好きなんです。それでなんとかしたい」

「まだ、福島はダメか？」

清市は酔いが進み、目を赤くしている。

浩紀は、清市に顔を向け、「まだまだだと思います。震災からの復興は、十二年では道半ばだと思います」と答えた。

「そりゃそうだな。ワシらだって荒波町に帰っておらんしな」

「帰ってくるつもりなのか」

光が聞いた。

「そりゃあ……なあ。お前」

清市は、隣に座る十和子に話しかけた。

「ええ、そりゃ、なんと言ったらいいか……。死ぬなら、ここでね。お墓も何もかも津波にさらわれてしまったけれど、荒波町の土に還りたいというのが、本当の気持ちかな」

十和子は、穏やかに言った。

「人の魂は、生まれ故郷に帰るんだよ」

清市は言った。

「浩紀君は、福島の復興についてどう考えているの？」

光は聞いた。

「どう考えているかというのは、どのような状況になったら復興したと言えるのかということでしょうか？」

「まあ、そうだな」

光は、浩紀の理屈っぽさに戸惑った表情をした。

「ビルが建ったり、大勢の人が賑《にぎ》やかに行き交うことも復興だと思います。政府も福島の人も、誰もがそう願っていると思います。しかし、私の考える復興はそれだけではありません」

浩紀はきっぱりとした口調で言った。

光は怪訝《けげん》な顔で、浩紀を見つめた。

建物が建ち、賑やかになればそれでいいのではないか。誰もがそれを望んでいるのではないか。

「浩紀さんは、何を考えているの？」

凪子が不思議そうな顔をした。

父親の光に、酒造りの弟子にしてほしいと願い出た浩紀は初めて会った今日、光の家族団らんの食事の席に誘われた。

普通なら断るか、あるいは招待を受けたとしても少しは遠慮するものだろう。

しかし浩紀は、全く物怖《ものお》じせず、好きなだけ食べ、好きなだけしゃべっている。この大らかさ、図々しさと言い換えてもいいのだが、それはどこから来ているのだろう。

凪子は、自分より二つ年上の大学生を興味深く観察していた。

浩紀は、突然、居住まいを正した。椅子に座ってはいるが、やや浅く座り直し、背筋をすっと伸ばしたのである。

「私は、皆さんと同じ荒波町で生まれ、育ちました。その荒波町は、未だに多くのエリアが放射能汚染で帰還困難区域になっています。私の実家も、その中にあります。いったいいつになったら元の暮らしに戻れるのでしょうか？　何年後、何十年後、何百年後……。ウクライナのチョルノービリにも人は戻っていないそうです。そこは人がいなくなったので、動物たちの天国になっていると聞きました。荒波町もそうなるのでしょうか？　そのうち私たち日本人は、ひょっとしたら福島の人でさえも、放射能汚染地域のことを忘れてしまうかもしれません」

浩紀は、真剣な様子で、静かに話す。光たちも神妙な面持《おもも》ちで耳を傾けている。

「荒波町が元の暮らしを取り戻さなければ復興なんてあり得ないと考えていました。でも、それは何年経っても難しいと思い、私はそれを考えることから逃げていました。それで東京のA大に進学し、東京で就職し、荒波町のことは忘れようとしていたのではないかと思うのです。しかしA大に進学しても、コロナ禍で学校には行くことができず、友達もできない状況に陥ったのです。まるで何か得体の知れないものに閉じ込められたような気分でした。これってまさに荒波町と同じ状況ではないですか」

浩紀は語気を強めた。

光は頷いた。

浩紀の言う意味がすんなりと理解できた。放射性物質と新型コロナウイルスは同じだ。ともに目に見えない。人々は、それらを恐れ、自らを閉じ込めている。

「私は、悶々《もんもん》としていたのだと思います。このままでいいのか、このまま閉じこもっていていいのかって。その時です」

浩紀は身を乗り出した。

「どうしたのですか？」

凪子が聞いた。

「見たんです。見たんですよ」

「何を？」

「テレビのニュースで矢吹さんを。私、その瞬間に雷に打たれたような衝撃を受けました」浩紀は、目を潤ませ、顔を火照《ほて》らせて「なんと言ったらいいんでしょうか。これだ！　と思ったのです」と言った。

「それが私への弟子入り志願なのかい？」

光は、少し笑いながら言った。

「あら？　高城さんは、光に弟子入り志願されたの？　私はてっきり凪子のお友達かと思っていたわ」

十和子がゆっくりとした口調で言った。

「お友達じゃないわよ、おばあちゃん。さっき港で出会ったばかりだもの」

凪子が、照れくさそうに返事をした。

浩紀は、一瞬、凪子を見たが、再び光に視線を向けた。「自分はいったい何をしているんだ、やるべきことがあるじゃないか。矢吹さんが、『福の壽』を横に置いて、海を見つめている映像を見た時、この人と一緒に酒を造らねばならない。荒波町の米で、水で、人の手で……。それが本当の復興だって。荒波町の酒が、なんの偏見もなく、旨いと世の中の人に評価していただければ、完全な復興に向けての階段を、何段も上がることができるって、そう思ったのです。すると矢も盾もたまらず、ここに来てしまいました。お願いです。一緒に酒造りをさせてください」浩紀は、テーブルに頭をつけた。

「止めなさい。そんなことをするのは。頭を上げて」

光は、手を差し伸べた。

「高城さんは、情熱家なんですね」

陽子が微笑んだ。

「テレビのニュースくらいで父に弟子入り志願するなんてね。信じられない」

凪子も驚いた様子だ。

「私が一番驚いています。まさかこんなエネルギーがあったなんて自分でも信じられません」

「高城さんは、荒波町の米と水で造った酒が、日本中、世界中の人に美味しいって言ってもらえたら、それが真の復興の階段を大きく上がることだって思ったのね」

咲子が言った。

「そ、その通りです」

浩紀は、声を詰まらせた。

「でも、私はもう十二年も酒を造っていないし、これからも造る気はない。何もかも失ってしまったからね……」光は言葉を中断し、思案している様子だった。「失ったから酒造りを断念したのだろうか。そうではない気もする。実は、私は、津波が襲ってきた時、一人の女の子さえ助けられなかった男です。あの幼い女の子が命を落とし、私が助かったことへの答えが見つからないんですよ。咲子や娘たちには悪いが、あの時以来、心にぽっかり大きな穴が開いてしまったような気がするんだ。そこを埋めるものが、まだ見つからない……」

「お父さんはいつまでも拘《こだわ》りすぎ」

凪子が責めるように言った。

「そうかもしれない。しかし、智花ちゃんの悲しそうな目が忘れられないんだ。今も、もっと生きたかったという叫び声が聞こえる。酒というのは、神様と人間が一緒になって楽しむものだ。一人の女の子さえ助けられなかった私に、そんな高貴なものを造る資格はないと、どこかこの深いところで思っているのだろうね」

光は胸の辺りを指さした。

「光は、自分を責めすぎているところがあるな」清市がポツリと言った。グラスの中は会津の酒で満たされている。「しかし、外野があれこれ言っても始まらない。気持ちの問題だから。それにしても」清市は、グラスを持ち上げると、「これが『福の壽』だったら嬉しいのだが……」と空いた手で目頭を拭った。

「私の父も『福の壽』が大好きで、毎晩、晩酌《ばんしゃく》に飲んでいました。それがなくなっているのはとても悲しいです。それを復活させることが私のやるべきことじゃないかって……」

「それで父のところに飛び込んできたわけですね」

凪子が言った。

「そうです」

浩紀はきっぱりと答えた。

「大学はどうされるおつもりなのですか？」

十和子が聞いた。

「やめるか、休学します」

浩紀は言った。

「もったいない！」

凪子が悲鳴を上げた。受験を控える身にとって浩紀の通うA大は憧《あこが》れの大学である。そこを退学するなんて凪子には考えられなかった。

「それだけの覚悟がなければ、ここに来てはいません」

浩紀は光を睨みつけるように見つめている。

光は、なんとか浩紀の視線を受け止めていたが、あまりの強さに目を伏せた。

2

真由美は、安堵《あんど》していた。父の哲治からきつく叱責《しっせき》されるかと思っていたからだ。

哲治は、自分の代で会津華酒造を閉じる決意をしていた。ところが、真由美が後継者になりたいと東京から戻ってきた。それが、未だに信じられない様子で、朝からそわそわしていた。

真由美の顔を見るなり、「真由美、お前、本当に帰ってきたのだな」と確認するように話しかけてきた。

「戻ってきたよ」

真由美が答えると、「そうか、そうか」と顔をほころばせた。

真由美は、哲治が認知症にでもなったのではないかと心配したほどだった。

しかしそうではない。哲治は、真由美の本気度次第だが、会津華酒造の後継者ができたことが嬉しくて、一種、夢見心地になっているのだ。

「酒造りは、それに本気で取り組むかどうかで決まる。生半可な気持ちでは、酒造りはできない。ワシが現場で教えるが、ハイテクプラザの清酒アカデミーに入って基礎から勉強したらいい」

哲治は言った。

「アカデミー？」

真由美は首を傾げた。

「県の施設にあるんだよ。会津若松にな。そこでは最先端のＡＩ技術を開発したり、教えたりしているが、清酒アカデミーも開講している。福島県は、なんと言っても酒処《さけどころ》だ。しかしどの酒蔵も後継者不足に悩んでいる。それに福島の酒造りを支えてくれた南部杜氏の高齢化も進んでいるからな。そこで県は、清酒アカデミーで後継者の育成に乗り出したのだよ。多くの酒蔵の蔵元杜氏と言われる人たちが、そのアカデミーの卒業生だ」

「私がそんなところに入学できるかしら？」

商業デザインしかやってこなかった真由美は、不安を感じた。父のもとで、酒造りを学ぶのはいいが、清酒アカデミーという名の学校に入ることは想像していなかったのだ。

「できる。ワシが入学できるよう頼んでやるから。そこでは福島の酒造りのプロたちが基礎から教えてくれるんだ。後継者ばかりではなく、酒蔵で働く人も学んでいる。ワシが教える酒造りと、清酒アカデミーで最新の方法を学べばいい。どうせやるなら、お前がやりたいようにやれ。伝統は変えられてこそ進歩があるんだ。ダーウィンの進化論で言うと適者生存だな」

哲治が得意げに言った。

「何よ、突然ダーウィンって？」

「まあ、詳しいことはわからんが、時代に合わせて酒も変化しなければならないということだ。何よりもワシの教えを学びつつ、ワシを越えてくれ」

哲治は強い口調で言った。真由美が戻ってきてくれたことで、生気に満ち、以前より若返った印象だ。真由美は、そんな哲治を見て、戻ってきた決断の正しさに自信を持ったが、その反面、やり通さねばならないという責任を重く感じていた。

「今日は、私をここに戻してくれた矢吹さんのところに行ってくる」

「ああ、行ってきなさい。ワシからの言葉を伝えてくれ。いい酒だってな。『福の壽』はね」

「わかった。伝える」

真由美は、車に乗り込んだ。会津から荒波町までは二時間以上かかるだろう。福島は広い。荒波町へは福島を横断することになる。

久しぶりに福島の景色を眺めながらのドライブである。東京にいた時と違い、肩が軽く、胸の中に、爽やかな空気が自然と入り込んでくる。首や肩の凝《こ》りまで消滅する気がする。これから先に何が待っているのかはわからないが、この軽やかな気持ちを大事にしたい。

阿賀川《あがかわ》沿いの道をひたすら走る。会津若松からは、磐越《ばんえつ》自動車道に入り、荒波町を目指す。

真由美の目が潤んできた。涙が溢れてくるのだ。それを止めることができない。泣きながら自然と笑いがこぼれてくる。心が、体が、その奥底から喜んでいるのだ。福島に帰ってきてよかった……。

荒波町に着いた。すぐに港に行き、駐車場に車を停め、矢吹運送店を探す。

港には、漁船が停泊しているが、あまり活気は感じられない。この漁港は、ヒラメ、カレイ、スズキ、シラウオなど豊富な魚種で有名で、福島の海の幸を一手に引き受けていると言っても過言ではない。

地震、津波を乗り越えて再開したが、再び、原発処理水放出という事態に遭遇している。漁師たちが最も恐れるのは、風評被害だ。港から出荷される魚は放射性物質の濃度を調べ、安全であることを証明しているが、消費者が、それで安心と受け止めてくれるかどうかはわからない。

真由美は、酒も同じだと思った。例えば中国は福島など原発周辺の地域からの食品輸入を禁止している。その中には酒も含まれている。

そしてそれが改善される方向にはない。日本と中国は、政治的な対立を深めている。そのため処理水の放出に反対し、さらに規制を強めると宣言している。

日本に対して厳しい姿勢の国や人に、福島の食品や酒が受け入れられて初めて復興したということになるのだろう。

外国ばかりではない。日本国内にも福島の食品を避ける人はいる。

真由美は、東京の青山で開催されたマーケットで「会津華」の販売を手伝ったことがある。

その時、「会津華」を試飲した人が、「福島の酒じゃなかったらね。旨いのに残念だなぁ」とぽつりと言った。

哲治の顔には怒り、悲しみ、悔しさなどいろいろな感情が表れていた。哲治は、彼に「福島の酒のどこが悪い」と怒鳴りたかったにちがいない。その言葉を呑み込み、腹の底に収めたのだ。

真由美は、福島を忘れようと東京へ行った。そこで全く新しい生活の基盤を築くつもりだった。

原発事故による放射能汚染はいつ解消されるのだろうか。風評被害はいつまで続くのだろうか。

福島の復興なくして日本の復興はないなどと、きれいごとならいくらでも言える。しかし、そんな言葉をいくら聞かされても、真由美には福島の未来を信じることができなかったのだ。

東京に逃げたが、そこでも明るい未来を描くことができなかった。コロナという目に見えないウイルスが、真由美を閉じ込めてしまったのだ。放射線とウイルス、ともに目に見えないものに対する恐怖が、真由美の行動から自由を奪った。

そんな時、矢吹光という、震災と津波で、多くのものを失い、生きる意味を見出せないで苦しんでいる男の姿をテレビ映像の中に見つけた。

なぜか、体の芯《しん》から熱くなった。彼にもう一度、酒造りに取り組む意欲を取り戻させたい。それが自分のやるべきことだと思ったのだ。真由美は、酒蔵の一人娘である。幼い頃は、父の跡を継いで、酒造りをするのが当然だと考えていた。父の哲治にも、そう話していた。しかしいつしかその意欲を失ってしまった。決定的だったのは、震災とそれに続く原発事故だった。福島を離れるしかなかったのだ。当然、酒造りへの思いもなくなっていた。

それが彼の映像を見た途端に、激しい後悔となって真由美を襲った。なぜなのだろうか。

彼は、酒造りを十二年も諦めている。幼い女の子を助けることができなかったことに深い後悔を覚えているからだ。その思いが、彼を酒造りから遠ざけている。もちろん、酒蔵が津波に流されてしまったことが直接の原因ではあるだろう。

しかし彼の本当の思いはどこにあるのだろうか。映像では、彼の傍らに、彼が造っていた「福の壽」が置かれていた。

その映像を見た時、彼は、酒造りを諦めているわけではない、と真由美は思った。彼は、家族とともに県外へ逃げてもいいはずだ。それなのに、荒波町にとどまり続けている。それは絶望の中にあっても、未来を信じているからではないのか。

そう思った時、彼が再生することが、荒波町の再生であり、福島の再生になるのではないかという考えが、突然、閃《ひらめ》いた。

「彼に会いに行こう」

真由美はテレビ画面に向かって呟いた。

同時に、幼い頃、父の哲治に話したように会津華酒造の後継者になると決めたのだ。

「逃げてはいけない。逃げていては、いつまで経っても福島の復興はできない」

真由美は自分に言い聞かせた。

矢吹運送店は、港近くの倉庫街にあった。真っすぐな板に墨で「矢吹運送店」と書かれている。小さな事務所だ。

真由美は、入り口のガラス戸から中を覗き込んだ。男が座っている。書類を作成しているのか、机に向かっている。

ふいに光が顔を上げた。

真由美と目が合った。真由美は、反射的に頭を下げた。光も頭を下げ、立ち上がった。

真由美が戸を開け、「矢吹さんでしょうか?」と聞いた。

「はい」

光は、返事をした。穏やかな笑みを浮かべている。

「私、星野真由美と言います。会津華酒造の星野哲治の娘です。お話ししてもよろしいでしょうか?」

「『会津華』の……」光は真由美を見つめている。「お父さんはお元気ですか?」

「はい。お蔭様《かげさま》で元気です」

真由美は答えた。

「そうですか。どうぞお入りください」

光に促された真由美は、事務所に足を踏み入れた。光と真由美は、立ったまま向き合っている。

「私、自分の思いを伝えたくて来ました」

「思い、ですか？」

「はい。テレビニュースの映像を見たのです」

「ああ、あの映像ですか」

光は、少し呆れた顔をした。昨日、訪ねてきた浩紀も同じ映像を見ていたからだ。彼は、昨晩、光の家族と夕食をともにして帰っていった。酒造りは、諦めていると伝えたが、浩紀は納得していない様子だった。

「少し時間を頂けますか？」

「ええ、いいですよ。仕事は一段落していますから、そこにお座りください」

光は、テーブルの脇にある椅子に座るように言った。

「私、東京でＷＥＢデザインの仕事をしていました」

真由美は経歴を話し始めた。会津に生まれ、実家は「会津華」を造っている酒蔵であることや父の哲治が、後継者不在を理由に廃業することを決めていたことなどだ。光は、面倒がらずに耳を傾けている。

「仕事をしていて、偶然、テレビを見ていたら、矢吹さんの映像が流れたのです。その時、いてもたってもいられなくなったのです。それで仕事を辞めて、帰ってきました。父に酒造りをしたいと言ったら、本気で取り組むことを前提に『会津華』を継ぐことになりました」

「失礼ですが、なぜそんなに気持ちを動かされたのですか？」

光は聞いた。

浩紀も同じようなことを話していたからだ。

「奇跡だと思います。矢吹さんの隣に『福の壽』が置かれていました。あのお酒がこの荒波町の地酒であることは、私も存じ上げております。これでも酒蔵の娘ですから」真由美は少し得意そうな表情をした。「矢吹さんの背中と、その『福の壽』を見た時、ぐっときたんです。理由は、私にも本当のところはわかりません。でも考えてみれば、私は福島の復興に何か貢献をしたのだろうか。他の人々を復興への熱意が足りないなんて非難する前に、福島出身の自分自身は何やってんだと激しい怒りを覚えたのです。矢吹さんと『福の壽』の復活こそ、本当の福島の復興になるんじゃないか。だって原発で最も被害を受けた荒波町のお酒ですからね。それは唯一無二の存在ではないかと。その復活なくして、福島の復興が完成することはない。そんな思いですかね？

ちょっと理屈っぽいですか？」

真由美は、申し訳なさそうに言った。

「いいえ、そんなことはありません」

「ありがとうございます。実は、矢吹さんから、なぜって聞かれたのでその時の気持ちをお話ししましたが、人間は、説明しがたい気持ちに動かされて後先を考えずに行動してしまうってことがありますよね。後で、振り返っても、なぜだかわからない。後悔したって始まらない。動き出したものは止まらないんです」

真由美の声が徐々に高くなり、口調も速くなる。

「それで私に会いに来られたというわけですね。それで私に何が……」

光は、真由美の勢いに圧《お》されながら「何が言いたいのか、何を求めているのか」と続けるつもりだったが、言葉に詰まってしまった。というのは、光が言い終わる前に真由美が話を続けたからだ。

「私は、父が廃業しようとしていた会津華酒造を継ぐ決意をしました。酒造りは、幼い頃から父の傍で見ていましたが、全く経験がありません。でも私はやります。もう福島から逃げません。どんなことがあっても逃げません。その思いを強くさせてくれたのが、矢吹さんの映像です。矢吹さんが海を眺める映像を見ていて、自分は何をやっているんだ、福島から遠ざかるのは、お終いにしようと思いました。ですから矢吹さんも酒造りを再開してください。お願いします」真由美は、深く頭を下げた。「矢吹さんが、酒造りを再開することが、荒波町の、福島の本物の復興になるのだと信じています。ぜひ再開してください。原発事故は十二年経っても終わっていないんです。廃炉にはまだまだ何十年もかかります。処理水放出が始まると、中国や韓国などの反発は大変なものになるでしょう。日本人だって福島を応援しようと口では言いながら、福島産の魚介類を避けるようになるでしょう。これまでも果物やお米などで同じことが起きました。風評被害は一人の主婦が、『福島のものは食べない、飲まない』とSNSにアップすれば、それだけで起きてしまいます」

真由美は熱弁を振るった。あまりにも思いが熱く、目が潤み始めている。

「私が酒造りを再開すれば、風評被害が起きないとでも?」

光の問いに、真由美は真剣な表情で、首を横に振った。

「やはり起きるのですね」

「起きます。しかし、大きな違いがあります。それは矢吹さんの造る、荒波町の米と水で造る

『福の壽』が、荒波町ばかりではなく福島の、そして日本中の人に力を与えるのです。それだけは間違いないと信じています。だから私は戻ってきたのです」

光は、真由美の力強い言葉を聞いて、心が動く気がした。何かが心の中でうごめきだした。

真由美は、深く頭を下げ、しばらくそのままの姿勢でとどまっていた。そして顔を上げると、「突然現れて、言いたいことを思い切り言ってしまいました。ごめんなさい」と言った。

「いえいえ、謝らなくても結構です。私こそ、あなたの期待に応えられるかどうか、自信がないのです」

光は、言った。

途端に真由美の表情が輝いた。

「期待に応えられるか、ですって。それはお酒を造ろうという気になってきたということですか？」

真由美の喜びように、光は驚き「いえ、そうじゃありません」と慌てて否定した。「私は十二年間も酒造りから離れています。私の舌が、そして福島の人が、『福の壽』の味を覚えているのでしょうか？　それが怖くて……。水も米も違っているでしょうから。もし造っても前と違うと言われると……。そう思うと、怖いんです」

「怖い？　矢吹さんは、あの津波の中で少女を助けようとされた勇気ある方じゃないですか。恐怖は似合いません」

「でも助けられなかった……」

「矢吹さんが悔やまれているのはわかります。しかし、生き残った者は亡くなった方に対する責任を果たさねばならないのではないですか？　私は、やっとそのことが理解できたのです。矢吹さんの映像を見て……。お願いです。私のためにも酒造りに戻ってください」

真由美は再び頭を下げた。

「あなたのために……」

光は、真由美をじっと見つめた。

「父の伝言を申し上げます」真由美は姿勢を正した。「『福の壽』はいい酒だ。本物の地元の酒だ」

3

「貢君、いるか？」

鈴村孝平は、ハイテクプラザの醸造研究所のドアを開けるなり、声をかけた。

ハイテクプラザには、福島県が新しい産業を興《おこ》そうと数々の最先端技術の研究施設を設けている。醸造研究所もその一つである。

「鈴村さん、どうされたのですか？　そんなに慌てて」

醸造研究所の責任者で研究者でもある吉岡貢が笑っている。

貢は、白衣を着て、試験管を持っている。彼の周りには背丈ほどのスチール製タンクが並んでいる。ここで実験的な酒を造っている。

貢は、優秀な研究者で、孝平が定年退職後、顧問となった後を受けて、醸造研究所の責任者になっていた。

「あるか」

息を整えながら、孝平が聞いた。

「何がですか？」

貢が驚いている。孝平が必死だからだ。

「酒母だよ」

「酒母なら、ここに」貢は、冷蔵庫を指さした。「鈴村さんが責任者だった頃から、これを使っています」

「それはわかっている。その中に矢吹さんの酒母はあるかって聞いているんだ」

ようやく孝平は息を整えた。

「矢吹さんって『福の壽』のですか？　もう酒を造っておられませんよね。いったいどうしたのですか？　詳しく説明してくださいませんか？」

貢の求めに応じて、孝平はテレビのニュースを見て、矢吹酒造所の「福の壽」を復活させねばならないと思ったということを説明した。

「私も、そのニュース映像を見ました」

「君は、何も感じなかったのか」

「感じましたよ」

「矢吹さんを酒造りに復活させることが、福島の復興に直結するとは思わなかったのか」

孝平の問いかけに、貢は悲しげな表情を見せた。

「思わなかったのか」

「というよりも、矢吹さんの悲しみに打たれました。少女を助けられなかったという罪悪感に、十二年経った今でも苦しんでおられるのですから。私は、地震や津波、そして今も私たちを苦しめている原発事故を、どれだけ直視しているだろうかと考えさせられました」

「それだよ。それ」

孝平は、我が意を得たりと表情をほころばせた。

「何が、それなんですか？」

貢は言った。

「向き合うんだよ。私たちは、今までも原発事故と向き合ってきた。しかし風評被害も完全には収まらず、人々も福島に戻ってきたとは言い難い。特に帰還困難区域がまだ大半を占める荒波町はなおさらだ。時間が経つにつれて、向き合い方に諦めが出始めてはいないだろうか。人間は、どんな状況にも慣れてしまうからね。だからこそ、今こそ、もう一度、向き合うんだよ」

「そのために矢吹さんに酒造りに挑んでもらう必要があるということですね」

「矢吹さんは、この十二年間、ずっと地震、津波、原発事故に一人で向き合ってきた。誰よりも強い責任感と、深い悲しみを持ってね。そこから彼は次のステップを踏み出さねばならないんだ。そのためには彼の背中を押さねばならないんだ」

「鈴村さんのお考え、わかりました」

貢は笑みを浮かべた。

「あるんだろう？　酒母は？」

孝平は身を乗り出すような姿勢になった。

「ありません」

貢は明快に言った。

孝平は一瞬、口をぽかんと開け、肩をがくりと、落とした。

「本当か？　酒に合う酵母はないかといろいろなところを探したよな？　その際、酒蔵の蔵付き酵母を集めただろう」

「ええ」

「だったら矢吹さんのところの酵母もあるだろう？　多くの酒蔵のものを預かったじゃないか」

「ええ、まあ」

「ええ、ばかりじゃわからないよ。なぜないんだ」

「あの研究は震災で中断しましたからね。それにたいていの酒蔵では、鈴村さんが開発された酵母を使っているんです。今では蔵付き酵母を使っているところはほぼありません」

「わかっている。それはその通りだ。でも矢吹さんは蔵付き酵母で酒母を作っていた。だからどんな酵母か分析したいからって、矢吹さんから酒母を提供してもらった記憶があるんだ」

孝平は強調した。

「そういうことがありましたが、何せ十二年も前ですからね。もう保存していません」

貢は残念そうに言った。

「がっかりだなぁ」

孝平は、再び、肩を落とした。

「矢吹さんに醸造研究所で開発した酵母を使ってもらったらどうでしょうか？」

「ダメだ」

孝平は強く言った。

「どうしてですか？」

「何もかも荒波町のものでなくてはならないんだ。酵母も米も水も」

孝平は眉根を寄せ、深刻そうな表情をした。

「そうですか。それは難しいですね。水も、一部で栽培が始まった米も、放射線量を測って安全性は確認されていますが……。酵母が矢吹さんの蔵のものでないと、『福の壽』の復活にはならないということですね」

「そうだよ。全ての材料が揃《そろ》って、初めて『福の壽』の復活なんだ」

「諦めますか？」

貢が聞いた。

「うーん」

孝平は腕を組み、唇を固く閉じた。思案顔だ。

「それよりも矢吹さんが酒造りの意欲を取り戻すでしょうか？」

「うーん」

孝平は、まだ腕を組んだままだ。

「なあ、貢君、ハイテクプラザ内を徹底的に捜索してくれないか？　どこかに酒母が保管してあるかもしれない。諦め切れないいんだ。神様がいるなら、助けてくれると思うんだ」

孝平は言った。

「わかりました。探してみます。でも期待しないでください。ところで鈴村さんはどうされますか？」

「酒蔵を探す。矢吹さんの蔵はないからね。『國誉』の田村さんが、タンクを貸してくれるというのだけれど、それに甘えるわけにはいかない。でも、なんとか矢吹さんのところの酒母が見つからないだろうか。きっとどこかに紛《まぎ》れているはずだ。預かったことは確かだから。あの震災のドタバタで、分析も何もしないまま放置されてしまった。もし、矢吹さんの酒母が見つかれば、そこから酵母を分離培養する。そうすれば矢吹さんの気持ちも動くだろう……。蔵付き酵母がなくても、矢吹さんに酒を造ってもらうことも考えるか。ああ、でもそれじゃあ、ダメだなぁ」

孝平はうつむき気味に、ぶつぶつと呟きながら出口に向かった。

「あのぅ、清酒アカデミーはどちらでしょうか？」

声をかけられた孝平が顔を上げると、若い女性が立っていた。

「清酒アカデミーですか？」

「はい」

「取材ですか？」

女性は、きりりとした顔立ちで、ジーンズを穿《は》いた活発そうな印象だ。

「いいえ、入学するつもりです」

彼女は明るい口調で言った。

孝平は、嬉しくなった。最近、酒造りに興味を覚えてくれる若い女性が増えたと聞いたが、目の前にいる女性もその一人なのだろう。

「この建物の一階の右に受付があります。そこで入学手続きをされたらいいですよ」

「ありがとうございます」

彼女は、孝平に頭を下げると、ハイテクプラザの方に歩いていこうとした。

「失礼ですが、どこかの酒蔵にお勤めですか？」

孝平は聞いた。

彼女は、すっくと姿勢を正した。

「いいえ、私、『会津華』の星野真由美と言います。父の跡を継いで酒造りをしたいと思っています」

孝平は、驚き、真由美をまじまじと見つめた。

「『会津華』を継ぐ？」

「そうです。おかしいですか？」

真由美が聞いた。

「いいえ」孝平は慌てた。「星野さんとおっしゃいましたね」

「はい」

「よかったです。安心しました」

孝平は笑顔になった。

「何がよかったのですか」

真由美は怪訝そうな顔をした。

「私は、鈴村孝平と申します。清酒アカデミーの顧問をしております。醸造研究所の前の責任者でもありました。そのためお父様の星野哲治さんをよく存じ上げております」

「そうだったのですか」

真由美は表情を緩めた。

「お父様は、後継者がいないと嘆いておられました。福島の酒蔵はどこも後継者不足で、廃業されるところが増えています。残念だなと思っていましたので、今、あなたがお継ぎになると聞いて、安心し、嬉しくなりました」

孝平は言った。

「鈴村孝平さんって『酒造りの神様』の、あの鈴村さんですか?」

真由美は、目を輝かせた。

「そんなことを言う人もいますが、神様でもなんでもありません。ただの引退した公務員です。でもお酒で福島を復興させたいという思いは他の人には負けません」

「お会いできて光栄です。私、今まで、酒造りをしたことがありませんから、一から学ぼうと思っています。なんとかなるでしょうか?」

「なりますとも。その学ぼうという姿勢が最も大事です。ぜひ頑張ってください」

孝平は、その場から立ち去ろうとした。光のことで「國誉」の田村慎一に会おうと思っていた。

「矢吹さんをご存じですか」

真由美が、孝平の背中に向けて呼びかけた。

孝平は、驚いて振り向いた。

「もちろんです」

孝平は言った。なぜ真由美の口から光の名前が出たのか。その理由を知りたかった。

「私、矢吹さんに背中を押されて東京から福島に戻ってきたのです。その意味では、恩人です。テレビのニュース映像で、矢吹さんを見て福島に戻る決意をしたのです」

真由美はやや興奮気味に言った。

「そうだったのですか。あなたも、あのニュースをご覧になったのですか?」

「あなたも、ということは鈴村さんも」

「はい。見ました。それでなんとか彼にもう一度、酒造りをしてもらいたいと考えているんです。それが福島の復興になるんじゃないかって。そう思っているのですが」

「実は私も、そう思ったのです。それで矢吹さんに会いました」

「えっ、お会いになったのですか」

孝平は驚きを隠せなかった。真由美の行動力にも感激した。帰郷するなり、面識のない矢吹に会って何を伝えたというのだろうか。

「真っ先に会いました。私の思いを伝えたかったのです。私が酒造りをやろうと思ったのは、あなたのお蔭だ。私のためにも、酒造りに復帰してもらいたいって」

「彼はなんと答えましたか?」

「迷っておられました。でも期待に応えたいという気持ちはあるようにお見受けしました」

「そうでしたか……」

孝平は、真由美の言葉に、光を酒造りに復帰させられる可能性があるのではないかという、微《かす》かな希望を抱いた。

「父は、矢吹さんが私を福島に導いてくれたことをご縁だと言っていました」

「ご縁ですか？　それはどんな理由ですか？」

「父と矢吹さんは仲がよかったようなのです。同じくらいの規模の酒蔵だからでしょうか？　それに会津と荒波町では、同じ福島と言っても気候風土も全く違いますし……。違うから仲がよかったのかもしれません。いろいろと一緒に酒造りの研究と言いますか、試行錯誤をしていたようです。私が縁で、矢吹さんが酒造りに復帰すれば、父も喜ぶと思います」

「そうですね。いいご縁です」

孝平は、わずかに声の調子を落とした。

「何か心配事でもおありになるのですか？」

「心配事……。そうですね。酒母、酵母ってわかりますか？」

「わかります」

「実は、矢吹さんが造っておられた『福の壽』は、彼の酒蔵にあった蔵付き酵母から造られているんです。その酵母が蔵とともに海に流されてしまって……。それがないと矢吹さんは酒造りを始めないのではないかと……」

孝平は渋面《じゅうめん》を作った。

「そうですか。こだわりの方ですからね。昔のままの『福の壽』を造るには、その酵母が必要なのですね」

「そうなんですよ」孝平は時計を見た。「おっと、思いがけなく長く話し込んでしまいましたね。

早く、清酒アカデミーの手続きをしてください。私も講師ですから、お話しできる時があると思います」

孝平は、真由美に礼をすると、歩き出した。

「私、頑張りますから」

真由美が背後から声をかけた。

孝平は、振り返り、右手を上げて、Ｖサインを送った。そしてちょっと若者ぶった自らの行為に笑いを洩《も》らしてしまった。

4

浩紀は荒波町の海から離れ、農家を訪ねていた。

光の酒造りに協力してくれる農家を探していた。

荒波町は、原発事故による放射性物質による汚染の被害を最も受けた。

海は、ようやく漁が軌道に乗り始めたと思った矢先に、処理水の放出が決まった。これが実施されれば、風評被害で漁業は大きな影響を受けることは間違いない。

陸では米などの農産物が未だに風評被害を受けていた。

特に米は問題だった。

数年前から農地には除染のため土壌の入れ替えが行われ、米作りが復活していた。

収穫された米は、全て放射能汚染の有無が検査され、今では完全に安全性が保証されるまでになっている。しかし一般消費者は、なかなか福島産の米を買おうとはしない。風評被害が根強いためだ。そのため原発事故以前に比べれば、格段に業務用として利用されるケースが多くなっていた。

光は、酒造りに必要な米を荒波町の里見家に依頼していた。しかし津波は、無情にも一家を海に呑み込んでしまった。一家全員が亡くなるという悲劇だった。

その事実は、光の心に重くのしかかり、酒造りを断念する要因の一つとなった。

浩紀は、絶対に光に酒造りを再開させると決意していた。A大学を休学してでも、光とともに「福の壽」を復活させるのだ。そのためには、光に協力してくれる米農家を探さねばならないと考えていた。

浩紀は、荒波町出身である。実家はかつて農家だった。そのため農家に友人がいる。浩紀の中学、高校時代の先輩である。

「ここだ」

青々とした稲の苗が広がる田の真ん中に平屋の大きな家がある。ここは津波の被害は免れたものの、原発事故で一旦は離れざるを得なくなった。

浩紀の実家は、この家の近くだった。

この家に住むのは、大友和馬《おおともかずま》だ。七つも年上だが、近所だったこともあり、親しくしていた。

和馬の家は、何代も続く米作り農家である。放射線量が減少し、帰宅が許されて以来、ここで米を作り続けている。両親は既になく、ここには妻と娘の三人で住んでいる。

「ごめんください」

浩紀は、玄関の土間に足を踏み入れ、大きな声で言った。

天井は高く、声が響く。天井には、一本の大木から切り出された梁《はり》が通っている。今時ではない、昔ながらの農家の様相を呈した重厚な家屋である。

ゆっくりとした足取りで大柄な男が、座敷を歩いてくる。和馬だ。

「先輩！　ご無沙汰《ぶさた》しています」

浩紀は大きく低頭した。

「おお、浩紀じゃないか。久しぶりだな」

「ご無沙汰して申し訳ありません」

「まあ、上がれ。今日は、女房が娘を連れて郡山《こおりやま》の実家に行っているんだ。何もお構いはできないが、酒はある。何か用があるんだろう。飲みながら話を聞こうじゃないか」

和馬は、手招きをした。

浩紀は、土間の敷石の上に靴を脱ぎ、座敷に上がった。

「こっちだ」

和馬は、座敷を抜け、居間に続いた食堂に入った。そこは洋風になっていて、照明が明るくテーブルを照らしていた。

「ここの方がいいだろう。椅子だし、酒もある」

和馬は、冷蔵庫から日本酒の一升瓶を取り出し、テーブルに置いた。酒の銘柄は、「國誉」だ。

「失礼します」

浩紀は、椅子に座った。

「まあ、一杯、やれ」

和馬は、グラスを浩紀に手渡すと、そこに酒を注いだ。自分のグラスにも酒を注ぐ。

「乾杯だ。何に乾杯するかはどうでもいいがな」

和馬は笑ってグラスを持ち上げた。浩紀もグラスを持ち上げ、和馬のグラスと合わせた。

「乾杯」

浩紀は、グラスを空けた。酒が、喉を通過し、腹に染みる。そういえば、今朝から何も食べていなかったことに気づいた。

「大学はどうだ？」

和馬は聞いた。浩紀が東京のＡ大学に進学したことは知っている。

「ええ、まあ」

浩紀は、言葉を濁した。

「どうした？　楽しくないのか？」

和馬が心配そうな顔で聞いた。

「先輩、お願いがあるんです」

浩紀は、グラスをテーブルに置いた。そして和馬を見つめた。

「なんだ？　その真剣な顔は？　深刻な頼み事か？」

和馬は、やや困惑した様子で聞いた。

「酒造りのための米を作ってください」

浩紀は、一気に吐き出すように言い、テーブルにつくほど頭を下げた。

「酒造りの米？　いったいどういうことだ。話してみろ」

和馬は強い視線で浩紀を見つめた。

第四章

酵母

1

吉岡貢は、ハイテクプラザの清酒アカデミーで講義を行っていた。

そこには、福島県下の酒蔵で働く若者たちが集まっていた。

四月に開校され、一年ごとに初級、中級、上級と進級し、醸造や発酵、微生物学など、酒造りを基礎から学ぶことができる。

講師は、貢を始め、酒造りの神様と尊敬されている顧問の鈴村孝平など、有名な蔵元杜氏たちである。生徒は、講師の言葉を一言も聞き逃さないように集中している。

「酒母は酛《もと》とも言う。まさに酒の元なんだ。これは酒造りに必要な酵母を育てることだ。清酒造りに使う酵母は五から十二ミクロンの小さなものだが、大きな役割を果たすんだな、これが。麹菌が蒸米《むしまい》のでんぷんを糖化させる。これに酵母と水を加えると、酵母が食べた糖をアルコールと炭酸ガスに分解する。これが発酵だ。雑菌の繁殖を防ぐためにここに乳酸を加えるんだが、化学的に合成された乳酸を加えて発酵を促進するのが速醸、蔵の中の自然な乳酸を利用するのが生酛《きもと》。

その生酛造りでは発酵が進んだ蒸米を擂《す》り潰す。これが結構大変な作業で山卸《やまおろし》という。この作業を廃止したのが山廃《やまはい》だ。酒は生きものだから、どういった作業をするかですっきりした酒になったり、力強い酒になったりと変化する。これが面白い。いずれみんなにやってもらうからな。いいな」

貢は生徒に声をかける。

「はい！」

力強い返事が返ってくる。貢は、嬉しくてたまらない。

一人の女性が手を挙げている。会津華酒造の星野真由美だ。

「星野、何か質問か？」

「はい」真由美は立ち上がって「この酒母に米麹、蒸米、水を加えていくと酒になるので、酒の母というのですね」と聞いた。

「そうだ。それが醪《もろみ》だ。これを絞ると酒になる。それについてはまた次の機会に話そう」

「ありがとうございます」

真由美は席についた。

「それでは、これで本日の授業は終わり」

貢は言った。

生徒たちが立ち上がって教室を出ていく。真由美も貢に一礼して出ていった。

貢は、あることをずっと気にしていた。孝平が、矢吹光の酒母を預かっていないかと聞いたことだった。

矢吹酒造所が造る酒は香りがいいと評判だった。それを聞きつけた孝平が、蔵付き酵母がいい働きをしているのではないかと関心を持った。そのことを光に話したら、光は試験管に入れた酒母を持ってきたのだ。光は、暇な時に分析してくれたらいいと、あっさりと言った。

震災直前のことだった。あのドタバタで酒母は分析されず、放置されてしまった。そして十二年もの時が流れてしまった。貢が、いくら探しても見つからない。捨ててしまったのだろうか。冷凍庫で保存したはずだが、十二年も経つ間に、冷凍庫の中を整理してしまったのだろう。

孝平は、なんとしても酒母を探し出し、矢吹酒造所の蔵付き酵母を分析しようと考えている。それは光に、もう一度、酒を造らせたいからだ。孝平が、そのような熱意を抱くきっかけは、あのテレビのニュース映像だ。

貢も、あの映像を見た時、胸に熱いものがこみ上げてきたのを記憶している。それは単純に熱意というより深い悔恨《かいこん》を惹起《じゃっき》させたからである。

海を見つめる光の後ろ姿。その傍には「福の壽」が一本。

光は、時が止まったかのように今も津波や原発事故を見つめ続けている。

復興はまだまだだぞ、緒《ちょ》についたばかりだ。いや、緒についてもいないのかもしれない。

貢、お前は事実を直視することから逃げているのではないのか。徐々に整備されていく津波の被災地を見て、復興が進んでいると、思いたいだけではないのか。

お前は、恐れているのだ。津波や原発事故をできるだけ早く過去の出来事にしたいのだ。

あの光の後ろ姿は、貢を厳しく責めたのである。そして何かしなくてはいけないと思わせる力があった。

何かするには、まず光が預けてくれた酒母を見つけることだ。光は、蔵付き酵母でなければ酒を造らないだろうと、孝平は言った。それから、ずっと探しているが、ハイテクプラザの中の、どこにもない。

「いったいどうしたのかなぁ？　震災の時、割れてしまったのかなぁ」

貢は、事務所の机に肘をついて、ぼんやりと天井を眺めていた。孝平の期待に応えられない。それは光を酒造りに復帰させられないことになるのではないか。

「吉岡先生！」

事務所の受付窓から真由美が顔を出した。

「おお、星野か？　どうした？　何か質問か？」

「いえ、父が挨拶したいって、ここに来ているんです」

真由美がにこやかに言った。

貢が慌てて立ち上がった。

「えっ、会津華さんが来られているのか」

「そちらに伺います」

真由美は言い、受付窓から事務所の入り口に回った。

真由美の背後に、笑みを浮かべた小柄な男が立っている。会津華酒造の蔵元杜氏であり、社長の星野哲治だ。

「ご無沙汰しております」

貢が立ち上がって頭を下げた。

「いえいえ、こちらこそ。この度は娘がお世話になりまして、ありがとうございます」

哲治が頭を下げると、慌てて真由美も頭を下げた。

「一生懸命勉強されていますよ」

貢は真由美に視線を送った。真由美は、照れたような笑みを浮かべた。

「ねっ、お父さん、大丈夫でしょう?」

真由美は、哲治に言った。表情は、得意げだ。

「しっかりやっているようで安心した。清酒アカデミーで基礎をきっちり学んで、会津華を立派な蔵にしてくれないとな」

哲治が微笑した。

貢が何かに気づいた表情になった。

「あのぅ、確か……」

「どうされましたか?」

「矢吹酒造所の矢吹さんとは親しいとお聞きしましたが……」

「ええ、矢吹さんが酒造りをされている時は、一緒にいろいろと活動しました。二人とも決して大きな蔵ではなかったですからね。どんな酒を造ったらいいのか? 普通酒を大量に造った方が経営は安定するんじゃないか。いや、地元にこだわった酒を造るべきだ、とかね」

哲治は目を細め、記憶を辿《たど》っていた。若き頃の議論の記憶を呼び戻すことは懐かしくもあり、切なくもある。

「そうでしたか」

貢の表情が沈んでいる。

「矢吹さんの件で、何かありましたか?」

哲治が聞いた。

「矢吹さんが登場されたテレビのニュースを見て、鈴村顧問も私も、なんとか矢吹さんに酒造りを復活させてもらいたいと願っているのですが、問題がありまして」

貢は、助けを求めるような目つきで哲治を見つめた。

「どんな問題ですか?」

「矢吹酒造所の蔵付き酵母の件です。震災の直前に矢吹さんから酒母を預かったという記憶があるのですが、いくら探しても見つからないんですよ。何せ十二年も経っていますから……。それから酵母を分離できれば、矢吹さんが酒造りを再開される気になるんじゃないかって」

「そうですか。それなら私も見ました。私も心を動かされましたよ。いえ、ここにいる真由美が、そのニュースを見て、帰ってきてくれたのですから、私にとっては最高のニュースでした」

「そうよ。あの矢吹さんの後ろ姿を見なかったら、私、ここにいなかったかも」

真由美が言った。

「その問題ですが、私が解決できるかもしれません」

哲治が言った。

「えっ、本当ですか」

貢が目を瞠った。

「ええ、私と矢吹さんはお互いの酒母を交換し、酵母を分析、分離し、よりいい酵母を作ろうとしていました」

哲治の話に、貢が体を乗り出すようにして聞き入っている。

「うちの酒蔵の冷凍庫に、矢吹さんから預かった酒母があるはずです」

「やった！」貢は拳を突き上げた。「鈴村顧問にお知らせします。きっと大喜びされるでしょう」

「今から、帰って探してみますから。いい報告をお待ちください」

哲治が言った。

「お父さん、すごい」

真由美が言った。

「ただ十二年も前のものだからね。酒母の中の酵母が生きていてくれればいいんだけどね」

「きっと大丈夫よ。福島県人みたいに打たれ強いから」

真由美が笑った。

「そうですよ。きっと元気で時を待っていると思います」

貢が笑った。肩から緊張がほぐれるようだった。

2

哲治は、ハイテクプラザから車を飛ばして会津に帰った。

会津華酒造の駐車場とも言えない空き地に車を停めた。

そこからは酒造所の建物の壁が見える。白壁の漆喰が、ところどころ剝げ落ち、壁土が覗いている。

「古くなったなぁ。あの崩れた場所は、震災から修繕できないままだ」

哲治はため息を吐いた。

貢は、矢吹に酒造りを再開させたいと躍起《やっき》になっている。あのニュース映像を見て、真由美も帰ってきた。そしてこの会津華酒造を引き継ぎたいと言ってくれた。

こんな嬉しいことはない。

しかし……と哲治は思った。矢吹が羨《うらや》ましい。皆で、矢吹の酒造り再開を望んでいる。それなのに会津華酒造の未来は閉ざされつつあるのだ。真由美が帰ってきたというのに……。

「矢吹さんから預かった酒母を探すとするか」

哲治は自宅兼事務所に向かった。

玄関を開けると、妻の路子の顔が目に入った。憂鬱そうな表情だ。事情はすぐに理解できた。背中を向けて、事務所の椅子に座っている男が二人いる。それが路子の表情を暗くしているのだ。

男たちは立ち上がり、哲治を振り向くと、「お邪魔しています」と頭を下げた。

「ああ、お疲れ様です」

哲治も頭を下げた。

二人はメガバンク、みずなみ銀行福島支店の行員だ。

頭髪が少なくなり、額が後退しているのは課長の沼田《ぬまた》隆《たかし》である。つい先月、東京の本部から転勤してきた。エリート意識が強いタイプである。なんとか成果を上げて、一日も早く東京の本部に帰りたいと考えている節があった。

もう一人は菱田泰三《ひしだたいぞう》だ。菱田は入行三年目の若手だ。福島県会津若松市出身で東京の大学に進学し、福島支店に配属になった。元気がいい好青年である。

「何か用ですか？」

哲治には、彼らの用件はわかっていた。しかし、あえてそれを無視する態度を取ったのである。

沼田が眉根を寄せた。

「社長、何か用ですか、はないでしょう」と怒ったように言い、「座らせてもらいます」と椅子に腰を下ろした。

菱田も沼田に倣《なら》って腰を下ろした。

「私は、ちょっと探し物があるのでね。席を外しますよ。路子、お相手を頼みます」

哲治は、蔵の方に足を向けた。蔵にある冷凍庫の中に、矢吹から預かった酒母があるはずだ。早くそれを探して、貢に届けなければならない。

「社長！」沼田が椅子を蹴って立ち上がった。事務所の土間にパイプ椅子がぶつかるガタッという不快な音がした。「待ってくださいよ。もう限界です」

「何が限界ですか？」

いら立った表情で哲治が振り返った。

「返済の猶予《ゆうよ》です。もうそろそろ元金を返済する計画を立ててくださらないと……。話し合いましょう」

再び、沼田は腰を下ろした。

「わかっています。でもね、こっちにも大切な用があるんです。お時間があるなら、しばらく待ってください」

「もう、十分にお待ちしました」

沼田の口角が歪んだ。

「十分にお待ちになったのなら、もう少しお待ちになるくらいなんでもないでしょう」

哲治は、皮肉っぽく言った。

「馬鹿にしているんですか？　うちは、社長が困った時に、二つ返事で融資したんですよ。それで返済の時期が来たんですから、返済してくださいと言っているだけじゃないですか？　困った時に助けた銀行に対する感謝も何もないんですね。恩知らずの人が造る酒はさぞかし旨いことでしょうね」

沼田も皮肉で返した。

「恩知らずですって」哲治が表情を強張《こわば》らせた。「お宅から借りた一億円は、借りろ、借りろ、設備投資しろと言うから借りたものですよ。震災前だった。あの頃は普通酒が売れるからって多くの蔵が設備投資に走った……」

普通酒は、通称だが、吟醸酒《ぎんじようしゆ》や純米酒などの特定名称酒以外のものを言う。

特定名称酒に分類されるためには、米、米麴、醸造アルコール以外の原料を使用しないこと、また醸造アルコール使用量は、白米重量の十%以下であること、三等以上の格付け玄米、またはそれに相当する玄米を精米して使用すること、麴米の使用割合が十五%以上であることなど、さまざまな条件を満たしていなければならない。

それ以外が普通酒で、一般的にスーパーで売られている紙パック入りの日本酒や、居酒屋で日本酒とだけ書かれているものは普通酒がほとんどだろう。

特定名称酒で有名な大手酒造会社でも、屑米《くずまい》を無駄にしたくないから普通酒を造っているところがある。今では普通酒を大手も手掛けているが、かつては多くの中小の酒造会社が手掛けていた。特定名称酒よりも価格が安いため、量が出るからだ。

矢吹酒造所の光は、特定名称酒、すなわち地元の酒にこだわった。一方、哲治は規模を追求した。そのためみずなみ銀行の誘いに乗って設備投資をしてしまったのだ。

その後、普通酒は大手の独擅場《どくせんじょう》となり、それを手掛けていた中小酒造会社は経営不振から廃業に追い込まれていったのである。

会津華酒造も、それらと同じ運命を辿ろうとしていた。

「おっしゃることはわからないでもありません。でもコロナの時は助けたじゃないですか？」

沼田の顔が、ますます歪む。

「あれを助けたっていうのかね。政府の保証があったから融資してくれただけじゃないか。金利がかからないから借りなさい、借りなさいって。結局、それで設備資金の一億円の一部を返済させられたんだ。言いたくないが、こっちにはなんの得もなかった。あんたんとこがプロパーの融資を信用保証協会保証融資に切り替えただけじゃないか」

哲治は、言えば言うほど怒りが込み上げてきた。

政府は、コロナ禍で苦しんでいる中小零細企業を支援するために、実質無利子・無担保のゼロ融資を銀行に実行させた。この融資は中小零細企業を助ける以上に銀行を助けたのである。

融資先は金利負担がないが、銀行は政府から金利が入ってくる。通常の融資より利回りが高かったのだ。その上、保証がついているから貸し倒れリスクは少ない。この融資のお蔭で、多くの銀行が収益を改善したのである。

その融資も二〇二二年の年末をもって終了した。融資総額四十二兆円とも言われる融資の返済が始まったのだ。

優良な会社はさっさと銀行に返済するだろうが、経営の厳しい中小や零細企業は、返済に苦しむことになり、倒産が激増している。当然のことだ。治療が中止された重病人に待っているのは死だけだ。治療の間に、健康を回復すればいいのではないかという人がいるが、そう簡単ではない。長く患ってきた慢性病である。そうやすやすとは回復しない。

「社長、返済計画を順守してくださいよ。こっちも仕事なんです。こんなこと言いたくないですが、この蔵を売却して、いくらかでも返済に充ててくれませんか」

沼田が、思い切り渋い顔で言った。

哲治の顔が怒りで沸騰《ふっとう》している。

「私に、廃業しろとおっしゃるのですか」

哲治の声が硬い。

「廃業とか……まあ、蔵を売ったら廃業ですかね」

沼田は言葉を詰まらせたが、意味なく笑みを浮かべた。

「何が、おかしいんだ！」

哲治が声を荒らげた。

「お父さん……」

路子がおろおろしている。

「蔵を売ることに協力させていただきます。穏便にやりましょう。そうでないと強制的に競売にかけることになります」沼田は、気を取り直してゆっくりとした口調に戻った。「社長ね、今は、廃業の時代なんですよ。今のうちに廃業しておかないと、借金が膨らむばかりで、結局は路頭に迷うような悲惨なことになります。私は、意地悪でこんなことを言っているわけじゃないんです。今、廃業しておけば、借金がわずかばかり残りますが、なんとかなるでしょう。我々の側でも、何かいい方法を考えますから。時間が経てば経つほど、社長が不幸になられます。それが心配で……」

沼田の話すことは事実である。中小零細企業の多くは赤字で、後継者不足、昨今の原材料高騰、人手不足などの経営環境悪化で廃業を迫られているのだ。債務超過になる前に廃業する中小零細企業が増えている。

「廃業なんかしません！」

突然、事務所の入り口から甲高《かんだか》い声が聞こえた。

沼田も菱田も、哲治も路子も、全員が入り口を向いた。

そこには真由美が立っていた。真由美は、全身から怒気《どき》を発して沼田と菱田を睨んでいる。

「真由美ちゃん！」

菱田が叫んだ。真由美とは同じ高校で、同級生だった。

「気楽に真由美ちゃんなんて呼ばないで」

真由美はきりりと菱田を睨むと、ずかずかと大股で事務所に入ってきた。

「お前、知っているのか？」

沼田が聞いた。

「はい、地元ですから。よく知っています」

菱田が答えた。

「面倒くせぇなぁ」

沼田は渋面を作った。

「真由美……」

哲治が呟いた。

「お父さん、ごめんなさい」真由美は頭を下げた。「こんな苦労をしているなんて知らなかった」

「いいんだよ。時代の流れに乗れなかっただけだ」

哲治が真由美を慰めた。

「銀行の方《かた》」真由美は、沼田と菱田に言った。「私は、星野真由美と申します。挨拶が遅れましたが、会津華酒造の娘です。この度、父の後継者になるために帰ってまいりました。私は、父から酒造りを学び、この会津華酒造をさらに盛んにしたいと思っております。何とぞ、よろしくお願いします」

真由美が頭を下げた。

沼田があっけにとられたような顔で真由美を見つめた。

「あなた、後継者？」

沼田が聞いた。

「はい」

　真由美は笑みを浮かべて答えた。

「女性に酒造りの杜氏ができるのですか」

「銀行の方、今の発言はＮＧですよ。女性の杜氏はたくさんおられます。皆さん、立派な酒を造っておられます」真由美は言い切り、「さて、酒は福島の文化です。ねえ、菱田君」と問いかけた。

「えっ、あっ、はい」

　菱田は動揺している。高校時代から、真由美に一目置いていたからである。

「酒蔵は、福島の文化の担い手です。それを軽々しく廃業しろ、などというのは、失礼千万！」

「しかし……」

　沼田が口を開こうとした。

「しかしもカカシもありません。私が、会津華酒造を再建します。今日は、帰ってください。借りたものはお返しします。当然です。廃業させるより、私に投資した方がいい。必ずそう思われるでしょう」

　真由美は自信たっぷりに言い切った。

「あのぅ……、では返済計画を相談……」

　沼田が真由美の勢いに圧されながらも口を開く。

「課長、今日のところは帰りましょう。後継者ができたというのはいいことじゃありませんか。後継者がいるのに廃業に追い込んだという噂が本部や金融庁の耳に入ったら、課長の評価に響くんじゃないですか？　昨今は、中小企業支援の時代ですから」

菱田がとりなした。

「うん、まあ、そうだな」沼田が腰を上げた。「今日のところは帰ろうか。後日、後継者殿と話し合おうじゃないか」

「それがいいと思います」菱田も立ち上がった。真由美を見て「今日は、これで失礼します。またね」と言い、勢いを失った沼田を抱えるようにして事務所から出ていった。

真由美は、沼田と菱田の後ろ姿を、仁王《におう》立ちで見ていた。二人の姿が見えなくなると、「ああっ」と大きなため息を吐き、その場にへなへなと座り込んでしまった。

3

高城浩紀は、先輩の大友和馬と日本酒の一升瓶を目の前に置いて酒を酌《く》み交わしていた。

「酒造好適米を作れって言うのか？」

酒造好適米とは、酒造りに最適な米のことだ。精米した際の心白《しんぱく》が大きい。代表的なのは、山田錦である。主たる産地は兵庫県であるが、現在では多くの地域で作られている。

山田錦は粒が大きく、精米しても心白が壊れにくい特質を持っている。

通常、食用米は精米歩合が九十％程度だが、酒造りの場合、本醸造酒は七十％以下、吟醸酒は六十％以下、大吟醸酒は五十％以下まで精米する。米の半分以上まで磨いているわけだ。こうした精米に耐えられるのが酒造好適米なのである。

「お願いできますか？」

「代表的な好適米は山田錦だよな」

和馬は、グラスに注いだ酒を飲んだ。

「ええ、ほかにもたくさん種類がありますが、福島だと福乃香《ふくのか》、夢《ゆめ》の香《かおり》ですかね」

「でもさ、お前が一緒に酒造りをしたいっていう矢吹さんは、荒波町の米で酒を造りたいんだろう？」

和馬が聞いた。

「まだ、酒を造るって決めたわけじゃないんです。僕が造らせたいと願っているんです」

浩紀は困惑しながら言った。

「へぇ、面白いな。俺は、お前が帰ってきてくれて嬉しいんだが、それは矢吹さんのお蔭なんだ」

「そういうことになります。矢吹さんの蔵は津波で完全に流されました。二百年以上の歴史が海の藻屑《もくず》と消えたのです。それに加えて消防団員だった矢吹さんは近所の少女、智花ちゃんを助けられなかったことに、今もこだわっているんです」

「なぜ、そこまでこだわるんだろう」

「抱えていて、智花ちゃんが津波にさらわれていく時の、悲しそうな目が忘れられないんだそうですよ。人って、なぜ自分が生き残って、なぜ相手が死んだのかって悩むことがありますね。そういう時って、自分が生き残った意味があるのだろうかと考えるわけです。そしてそれに見合う何かをしなければいけないと思うんじゃないですか」

「なるほどね……。それで矢吹さんは意味を見つけたのか」

「矢吹さんは、まだ見つけられていないと思います」

「どういうこと？」

「矢吹さんが、津波や原発事故にこだわっているせいで、僕は気づいたんですよ。まだ何も終わっていない。復興は終わった、あるいは進んでいるって思いたかっただけだ。直視していなかったことを改めて認識したんですよ。それで、いてもたってもいられなくて帰ってきたんです」

「矢吹さんが酒を造ることで、本当の復興が始まるというか、復興の進展になるってことか」

「そうです。そうなんです。わかってくれますか？　僕の思いを……」

「なんとなくな」和馬は、グラスの酒を飲み干した。「なあ、浩紀、俺に矢吹さんを紹介してくれるか？」

　和馬の頼みに、浩紀は満面に笑みを浮かべて、「いいですね」と言った。

「俺や家族は助かったが、俺と一緒に米作りを頑張っていた奴は津波で亡くなった。未だに遺体は見つからない。俺にも矢吹さんの思いはわかる。俺が生き残って、奴は死んだ。それには何か意味があるのかってね。それを考えると苦しくなって、考えるのを止めていた。それは被災の現実を直視しないことなんだって思う。矢吹さんに会って、酒造りに役立つ米作りについて相談したい。何かに役立つことが必要なんだ。自分だけのことを考えていてはいけないんだ」

「問題は、矢吹さんが酒を造ってくれるかどうかです」

「俺とお前とで説得しようじゃないか」

和馬は、グラスに酒を注ぎ入れた。

「僕にも」

浩紀は、グラスを差し出した。和馬が、一升瓶を抱えて浩紀のグラスに酒を注ぐ。

「それじゃあ、福島の未来のために」

和馬はグラスを高く掲げた。

「未来のために」

浩紀もグラスを掲げた。

「乾杯!」

二人のグラスがぶつかり、かちりと鳴った。

4

光は、父親の清市と二人並んで荒波港の堤防に腰かけていた。二人の間には、日本酒の四合瓶が置かれていた。それを紙コップに注ぎ合いながら飲んでいた。

目の前には、夕暮れの海が広がっていた。夕陽に照らされて波が赤く輝く。今日は、いつもより波は静かで、凪と言ってもいいほどだ。

「お前これからどうするんだ?」

清市が聞いた。

光がゆっくりと清市の方を向く。その顔は、夕陽に照らされて赤い。

「どうするって？」

光は言い、紙コップに注がれていた酒を飲んだ。

「酒造りだよ」

清市が背後を振り返った。その視線の先には雑草が生《お》い茂った荒れ地があった。かつて矢吹酒造所の蔵が建っていた場所だ。津波に全て流され、蔵は再建されることはなくただの荒れ地だ。かつては賑わいを見せたこの地から多くの人々が去った。高台に新たな生活の場を築いた人も多いが、海からは離れてしまった。この荒れ地にもう一度人々の営みが戻ることはあるのだろうか。

「十二年も経ってしまったんだよ」

光は悲しそうに清市を見つめた。

「十二年なんかあっと言う間だった。私は十代から、親父《おやじ》のもとで酒を造ってきた。あの津波がなければ、今も、お前と一緒に酒造りをしていただろう。しかし津波が何もかも奪ってしまった。一番、奪われたのはお前の酒造りへの意欲だ。酒造りをお前に引き継いだ以上、私には何も言うことはなかった。できることは、ただお前が意欲を取り戻すまでずっと待つことだった」

「待たせすぎかな」

光が寂しそうに微笑んだ。

「そんなことはない。私はいつまでも待つ。酒造りは気持ちが大事だ。エネルギーが必要だからな。お前が、過去にこだわっている限り、いい酒は造れない」

清市は静かに言った。

「そうだろうね。でもね、不思議なんだ。俺が映っているテレビのニュースを見て、いろんな連中が酒造りを再開しろって言ってくる。親父、なぜだろうな」

光は、清市を見た。

清市は、穏やかな笑みを浮かべて「私にもよくはわからん。しかし少しはわかる気がする」と言った。

「何が、わかるんだ?」

「それは、私たちが忘れようとしていたことをお前が忘れていないからだ。復興はまだちっとも進んでいないって、お前の背中が皆に語りかけたんだと思う」

「おかしいな。俺はただ座って海を見ていただけなんだ。時々、ああして海を見て波の底に沈んだ智花ちゃんのことを忘れていないよって伝えないと、智花ちゃんが悲しむだろう?」

「みんな辛かった記憶は忘れたくなる。忘れなくちゃ前へ進めないと考えているからな」

「親父、それは違うと思うんだ。忘れないからこそ、未来に踏み出せるってこともあるだろう?」

「そういう考えもある。しかしたいていは辛いことは忘れたくなるものだ。忘れて明るいことを考えるんだよ。昨日のことより、今日生きるためにな」

清市の紙コップの酒がなくなった。清市は、自ら酒瓶を持って、紙コップに注いだ。

「忘れられないんだ。智花ちゃんの最期の目が……。あの子は何を言いたかったんだろう」

光は紙コップの酒をグイッと飲んだ。

「さぁな、何を言いたかったかはわからないが、死にたくはなかっただろう。でも今頃は、天国でお父さんやお母さんと一緒に楽しく遊んでいるよ。そう、思わなきゃやり切れんだろう。生きてりゃ、もう高校生かなぁ」

清市がしみじみと言った。

「大学受験とかなんとか言っているだろうな」

「ああ、いい娘に育っただろうにな。可哀想なことをした。神様っていうのは、自分の傍に連れてくるのに人を選ばないのかね。俺みたいな年寄りは嫌なんだろうか？」

清市が薄く笑った。

「なあ、親父……」

光が薄暗くなり始めた海を眺めながら呟いた。風が少し出てきたようだ。波の音が、大きくなってきた。

「なんだ？」

清市は光を見た。

「俺、酒を造ってもいいかな。智花ちゃんを救えなかった俺に、酒を造る資格はあるかな」

光の表情は真剣だ。

清市の表情が晴れやかになった。

「お前、本気か？」

「みんなが俺に酒造りを再開しろって言うからやるんじゃない。俺が動くことが、福島の復興になるっていうからだ。ということは動かなければいつまでも復興は進まないってことになる。それじゃ智花ちゃんも嬉しくないだろうと思う。しかし、造れるかな。蔵も何もないのに」

光は清市を見つめた。

「お前の熱意次第だ。私の目の黒いうちに『福の壽』をもう一度飲ませてくれ。あの酒は、この土地の喜びも悲しみもみんな引き受けてくれた酒だ。あの酒が飲めるようになれば、この土地は息を吹き返す」

清市は力強く言った。

「親父も、みんなと同じことを言うんだな」

光は笑った。

辺りがすっかり暗くなった。矢吹運送店の事務所の方から足音が聞こえてくる。誰かがこちらへ向かってくる。

「パパ！」

凪子だ。

「おーい、こっちだ。ここに爺《じい》ちゃんといる」

光は叫んだ。

「鈴村さんから電話だよ。携帯、持って出てよ」

ようやく凪子が息を切らして辿り着いた。光の傍に来て携帯電話を手渡した。

「鈴村さんから？　なんだろう？　急ぎかな」

「わからないけど、いい知らせみたい。早く知らせたいって言ってたよ。電話、かけてあげてね」

「わかった。もう暗いから、爺ちゃんと先に帰りなさい」

二人が帰っていくのを見た光は、携帯電話の着信履歴を確認して、鈴村孝平の電話番号に触れた。

呼び出している。孝平が電話に出た。電話を待っていたのだろうか。光が呼び出すと、間髪《かんはつ》を容《い》れない速さだった。

「もしもし、矢吹です」

〈おお、矢吹さん、見つかるよ、見つかるかもしれないよ〉

「見つかる？　何がですか？」

光は、咄嗟《とっさ》に智花の遺品か遺骨の一部なのかと思った。

〈酒母だよ。矢吹酒造所の酒母だ〉

孝平が弾《はず》んだ声で言った。

「えっ、酒母……」

光は、たちまち記憶が蘇《よみがえ》った。十二年前、孝平に酒母を預けたのだ。まさか、それが見つかったのか……。

〈会津華の星野さんが持っているらしい。今、探してくれている〉

「星野さんが……」

光は震災前に、哲治とお互いの酒母を交換したことを思い出したのだ。

〈そうだよ。君の蔵の酒母を保管しているはずだって……〉

「でも十二年も経っているんですよ」

〈大丈夫だよ。期待しようじゃないか〉

「もし見つかったら奇跡ですね」

〈そうだよ。奇跡だよ〉

光の耳には孝平の声が泣いているように聞こえていた。

5

「お父さん、なぜ言ってくれなかったの？」

真由美が険しい表情で言った。

「何を、だ？」

哲治は憮然《ぶぜん》としている。

「何をじゃないわよ。経営のこと。ものすごく悪かったの。言ってくれてもよかったじゃない」

「言ってどうなる」

哲治は、相変わらず不機嫌な顔をしている。

「お父さんは、あなたに心配かけたくなかったのよ」

路子が言った。

「心配かけたくないっていっても、いずれはわかることでしょう」

真由美が反論した。

「お前は心配しなくていい。私がなんとかする。それより今は、矢吹さんの酒母の方が大事だ」

哲治は、蔵の中に設置してある冷凍庫に向かった。研究熱心な哲治は、ここに毎年の酒母を保存していた。それは毎年の酒の出来具合を観察するとともに、それらの酒母から酵母を取り出し、新しい味、新しい香りの酒の可能性を探るためだった。

確かに十二年も前になるが、光と酒母の交換を行ったことがある。お互いに酒母から酵母を培養して、何か新しい試みができないかと考えたのだ。

津波や原発事故、それに伴う経営悪化などで、そのことをすっかり忘れていたのだ。

哲治は、冷凍庫の扉を開けた。その中には、試験管がびっしり詰まっていた。毎年の酒母が詰まった試験管だ。

哲治は、それらを一本ずつ取り出すと、試験管に貼られたラベルを調べている。

真由美と路子は哲治の背後に立ち、その背中をじっと見つめていた。

しばらくして哲治が一本の試験管を手に取り、真由美と路子を振り向いた。その顔は晴れやかだった。

「あったの?」

真由美が聞いた。

「ああ、あった。これだ」哲治の表情は喜びに崩れた。「これがお前を呼び戻してくれた男の酒母だよ」

「吉岡先生に連絡する」

真由美は、ポケットからスマートフォンを取り出した。

「早く知らせてあげてくれ」哲治は、試験管を元の場所に戻しながら「これが会津華の未来を明るくしてくれればいいのだが……」と呟いた。

事務所に戻った哲治は、真由美に向かって「吉岡さんはどんな反応だった」と聞いた。

「ものすごく喜んでた。すぐに鈴村さんに連絡するって。鈴村さんは、先走ってお父さんが酒母を保管しているかもしれないって、もう矢吹さんに連絡したみたい」

真由美が微笑んだ。

「鈴村さんらしいな。あの人、嬉しいと何もかも隠せなくなる人だから」

哲治も笑った。

「これで矢吹さんは酒造りを始めるかしら」

真由美が言った。

「始めると思う。あの人の心の中には酒造りへの情熱が燻《くすぶ》り続けているはずだ。本当に地元にこだわった酒を造っていたからね。荒波町への強い思いに酒母が火を点《つ》けるだろう」

哲治が強い口調で言った。

「でも皮肉ね」

真由美が言った。

「何が皮肉だ？」

哲治が聞いた。

「矢吹さんが酒造りを開始するかもしれないのに、お父さんは銀行から酒造りを諦めさせられようとしているじゃないの」

「ははは、そんなことか。私にはお前がいるじゃないか」

哲治は真由美を見つめ、笑みを浮かべた。

「私？」

真由美が驚いた顔で、自分を指さした。

「ついさっき、銀行員に啖呵《たんか》を切ったじゃないか」

哲治は嬉しそうな顔をした。

「私も聞いたわ。胸がすっきりした」

路子が言った。

「連中は、たじたじだったぞ」

「あれは……その場の勢いで……私はまだ実力がない」

真由美は自信なさそうに言った。

「自信なんて、私だってないさ。いつもいい酒ができるかどうか心配なんだ。酒造りは愛情だよ。酒だけじゃない。この故郷への愛情だ。それさえあればいい」

「わかったわ。私、頑張る」

真由美は言った。

「頼むぞ。ところであの銀行員とは知り合いか？」

哲治が聞いた。

「ああ、あの若手の方ね。菱田泰三君のことね」

「知り合いだったのか？」

「高校の同級生よ。みずなみ銀行に入ったって聞いてはいたけど、まさかあんな場面で出会うとはね」

真由美が眉根を寄せた。

「あの男、課長の沼田よりは話がわかるみたいだな」

哲治が軽く頷いた。

「そうね。そう見えたわね」

路子が同意した。

「あの男と結婚したらどうだ？」

哲治が真顔で言った。

「いきなり何を言うのよ」

真由美が目を瞠り、声を張り上げた。

「それがいいわね」

路子が同意した。

「お母さんまで！」

真由美が路子を睨みつけた。

「まあ、それはおいおい考えることにして……」

「何がおいおい考えるよ。いい加減にしてよね」

真由美が怒った。

「まあ、おいおい」

「おいおいじゃないわ」

「ちょっと待て。私の考えを聞いてくれ」

「お父さんの考え？　馬鹿なことは言わないでね」

「ああ、言わないから」

哲治は、息を吞み、真由美を見つめた。

「では話して」

「私は酒にもストーリーが必要だと思っている。それで見つかった酒母で矢吹さんが酒造りを再開するなら、この蔵を使ってもらおうと思うんだ」

「えっ？　本気？　『会津華』はどうするの？」

「本気だ。『会津華』も造るが、矢吹さんの『福の壽』も造る。矢吹さんは蔵が流されて持っていない。それならここを貸して造ってもらえばいい。会津と浜通りの協力で『福の壽』を造るんだ。それこそ福島の酒になる。真の福島の復興の酒だ。そんなストーリーだ」

「お父さん、それいいと思う。でも」

真由美の表情が曇った。

「あまり賛成じゃないのか」

哲治が聞いた。

「いえ、そうじゃないの。福島の本当の復興のためにお父さんが協力するのはいいことよ。でもね」

「でも？　何か問題があるのか」

「矢吹さんが受けるかしら。どうしても荒波町で造りたいって言うんじゃないかな」

「その思いは強いだろう。しかし現実問題として蔵がなければ酒は造れない。最初のステップとして会津で造ればいい。それが軌道に乗れば、荒波町に酒蔵を復活させようじゃないか。みんなの力でな。私と矢吹さんとは長年の友人だ。彼が酒造りを断念してしまって非常に寂しい思いがしたものだ。酒母が見つかったことで、彼の心に復活の火がともるなら、それは運命というものだ。私と矢吹さんでしかなし得ない酒を造る」

哲治の言葉には並々ならぬ決意がこもっていた。

「お父さん、応援する。私、酒造りを学んでお父さんと矢吹さんの酒造りを手伝う」

真由美が目を潤ませた。

「心強いわね」

路子も目を潤ませた。

「『福の壽』は復興ストーリーだ。もし、この酒が成功すれば『会津華』を蘇らせてくれる可能性があると思う。早速、私は矢吹さんと話してみる」

哲治は目を輝かせた。

「失礼します」

外から声がした。事務所の前に誰かいる。路子が近づくと、みずなみ銀行の菱田泰三だった。

「あら、菱田さん、何か?」

路子が首を傾げた。

「ちょっと真由美さんに話があるんです。いいでしょうか?」

申し訳なさそうに泰三は、事務所内にいる真由美を見た。

「真由美、菱田さんが何か用事があるみたいよ」

路子が、哲治と話している真由美に声をかけた。

「泰三君?」

真由美が驚いた表情で、事務所の入り口まで急ぎ足でやってきた。

「こんな時間に何か用なの？」

真由美の表情には不安が表れていた。銀行で、会津華酒造に関して何か問題があったのかと警戒したのだ。

「ちょっといい？」

泰三が外に出ようと合図した。

「いいよ」

真由美は、後ろを振り返り、哲治と路子を見つめた。二人とも、表情が硬い。真由美と同じように銀行で何か問題があったのだろうかと不安なのだ。

真由美は、泰三に従って外に出て事務所の戸を閉めた。

「何？」

真由美は聞いた。

「さっきは失礼したな。ごめん」

泰三は謝った。

「仕方ないでしょう。銀行なんだから。そのことを謝りに来たの？」

「そうじゃないんだ。真由美がここに戻ってきたのはどうしてなんだ？」

「そんなこと、泰三君に関係ないじゃない？」

「まあね」

泰三は曖昧《あいまい》な表情をした。

「さっき言ったように父の酒造りを手伝いたくなったの」

　真由美は言った。

「ひょっとしてさ、あのテレビのニュース映像を見たんじゃないの」

　泰三は真由美を見つめた。

　真由美は、泰三を見つめ返した。

「あの映像がきっかけになったのかな。でも、背中を押してくれたのは事実よ。矢吹さんに会った。福島の本当の復興には、矢吹さんの酒造りが必要だってお願いした。それが何か気になるの？」

「実はさ、俺もあの映像を見たんだ。矢吹さんが海を見つめていて、その傍らに『福の壽』があっただろう？」

「ええ、あの映像に胸をぐっとわしづかみにされてしまった。まさか泰三君も？」

　真由美が聞いた。

　泰三は、小さく頷いた。

「そうなんだ。それで？」

「俺も、何をやっているんだろうってさ。なんだか悲しくなったんだ。俺、福島の人間のくせしてさ、福島の役に立ってんのかって。そんな問いかけを、あの背中からぶつけられた気になって……。切なくてさ、どうしようもなくなったんだ。それで今日の沼田課長の態度だろう？　あれは最低だよ。銀行の立場だけを押し付けてさ。福島のことなんか、これっぽっちも考えていない。俺、このまま銀行に勤めていてもいいのかと考えたわけ。そう思ったら真由美に会いたくなったんだ。真由美の、あの啖呵、かっこよかった。何かを見つけたって感じがしたんだ」

泰三は一気に話した。

「あんな啖呵、恥ずかしいよ。半人前なのにね」

真由美は照れた。

「恥ずかしいことなんかないさ」

泰三は言った。

「それで銀行を辞めるの?」

「そんな覚悟もないんだ。でも、あの映像を見てしまった以上は、このままではいられない。何か福島のために行動しないといけないって気持ちになっている。今まで復興は進んでいるって、思い込もうとしていたけど、実は何も進んでいないんだってことがわかったから」

「泰三君も、あの映像に感化されたのね」真由美は、何か思いついたように明るい表情になった。「ねえ、泰三君。私はね、父と新しいプロジェクトを始めようと思うの。銀行として協力してくれないかな」

「新しいプロジェクト? それはどんなもの? 面白そうだな」

泰三が言った。

「あの映像に登場した矢吹さんに『福の壽』を造ってもらうの。あの人の酒を造ることが、荒波町、そして福島の本当の復興になると思うから。酒は福島の心だから」

真由美は力強く言った。

「いいね」泰三は笑みを浮かべたが、すぐに真面目な顔になった。「でもさ、矢吹さんの蔵は津波で流されたままだよ」

「だからね、まずはこの会津華酒造で矢吹さんに腕を振るってもらうの。これは会津華酒造の再建策でもあるのよ。十二年も眠っていた地元の酒が復活する。それを会津華酒造が助けるのよ。いい話でしょう」

「ああ、いい話だなあ。俺も何か手伝えないかなぁ」

泰三が言った。

「このプロジェクトにはお金がいるから、泰三君、頼んだわよ。銀行員じゃなくちゃできないことがあるから」

真由美は言った。

「わかった。何ができるか考えるよ。面白くなってきた」

泰三は声を弾ませた。

第五章

再起

1

光は、荒波町の矢吹運送店の事務所に家族を集めた。

凪子も陽子も、いったい今から何が始まるのかと興味津々《きょうみしんしん》といった様子だ。

妻の咲子、父の清市、母の十和子もいる。彼らは沈黙し、表情は硬い。

狭い事務所の粗末なパイプ椅子に全員が座っていて、彼らの前に、うつむき気味に光が座っている。光からは、まるで宗教的な儀式を始めるかのような雰囲気が漂っている。

「みんな集まってくれてありがとう」

光が、顔を上げた。

その場の全員が、光の言葉を一言も聞き逃さないように集中した。

「酒造りを再開することに決めた。みんな、許してもらえるかな」

光は小声で、ややはにかんでいるように見えた。自分の言葉に、確信が持てないのか、自信が感じられない。

「あなた……」咲子の表情がほころび、目には涙が滲んでいる。「ようやく……ようやくあなたがあなたらしくなるのね」

「お父さんのお酒が飲めるんだ」

凪子が両手を上げて、ばんざいをした。

「こら、凪子」清市が怒った。しかし、笑顔である。「お前は、高校生なんだぞ。酒は、まだご法度《はっと》だ」

「ごめんなさい。でも皆が飲みたいって言っていた、お父さんのお酒、楽しみだなぁ」

「私も」陽子が言った。「早く大きくなってお父さんのお酒を飲みたい」

「皆が待ちに待っていた『福の壽』が復活するんだね」

十和子も目頭を押さえた。

光は、頭を掻《か》いた。恥ずかしそうな顔で「お母さん、その通りだよ。酒造りを再開しようと思ったのは、多くの人が『福の壽』を待ち続けていることを、改めて知ったからだ。二百年以上続く矢吹酒造所を守るために、新酒鑑評会で評価を得るために、いくらかでも稼げるようになるためにって、自分のために酒を造っていた。しかし、今度は、人のために造ろうと思う。津波で失われてしまった『福の壽』の復活が、福島の本当の復活だと言ってくれる人の言葉が、背中を押してくれたんだ。ちょっとカッコつけすぎかな」と言った。

「いいね」凪子と陽子が、示し合わせたように親指を立てた。

「光、お前の考えはよくわかる。しかし、人のためにというより自分のために、本当に旨い酒、自分が満足する酒を造れ。それが人のためになるんだ」

清市が厳しい口調で言った。

光は、清市を見つめ、深く頷くと「わかった。そうだね」と言った。

「でも、蔵も何もないじゃないか。それに肝心の酵母はどうするんだい？」

十和子が心配そうな顔をした。

「そのことは今から考えます。取り急ぎやることは、酵母の復活です」

「既存の酵母を使うんじゃないのか」

清市が聞いた。

「それじゃ本物の『福の壽』はできません」

「そうは言うものの、うちの蔵付き酵母は、津波で海の底だ」

清市の心配そうな顔を見て、光が薄く笑った。

「それがあったのです。まだはっきりしていなかったので親父には黙ってたけれど」

「なんだって、本当か？」

「鈴村さんから聞いたんですが、会津華の星野さんが保管してくださっていたんだ」

「それはすごいことだ。十二年も持ってくださっていたのか?!」

「ああ、奇跡と言っていいよ。もうすぐここに星野さんが酒母を持ってきてくださるんだ。それで酵母を培養できたら、『福の壽』の復活が可能になる、と思う」

「でも蔵はどうするの？　蔵がなければ造れないわよ」

十和子が再び心配な顔になった。

「心配事ばかり口にするな。光がやると言ったら、やれるんだ。そう信じればいい」

清市が力強く言った。

「そうかしら……」

十和子は、まだ不安そうだ。

事務所のドアが開いた。

皆が、一斉にドアの方を振り向いた。

そこには哲治と真由美が立っていた。満面の笑みだ。哲治は保冷ボックスを高く掲げた。

「矢吹さん、これ、これは君の酒母だ」

2

ハイテクプラザの醸造研究所には、顧問の鈴村孝平、吉岡貢そして光がいた。

哲治が十二年もの長期間、大事に保管してくれていた酒母から矢吹酒造所の酵母を分離し、培養しているのだ。

「矢吹さんが酒造りを再開すると言ってくれて、本当に嬉しいよ」

孝平が言った。

「この酒母が保存されていたなんて、奇跡ですね。信じられません」

試験管の中に酒母を入れ、それを光にかざして見ている貢が言った。

「私にもよくわからないのですが、何か大きな力に背中を押されたみたいになって、性懲《しょうこ》りもなくやってみようという気になったのです。ご迷惑をおかけします」

光は、何本かの試験管を遠心分離機にかける準備をしている。

「迷惑だなんて」孝平が真っ向から否定した。「私は、一日千秋《いちにちせんしゅう》の思いで待っていたんだから」

「会津華の星野さんの申し出はありがたいです。醸造設備が」

「会津華さんは銀行との関係でご苦労されているようですからね」

貢が眉根を寄せた。

「銀行は、雨が降ると傘を取り上げるって言うからな」

孝平も顔をしかめた。

「でも、おかげで私に醸造設備を貸してくださることになったのですから、人生何があるかわかりません。私にとっては本当に嬉しい申し出です」

光が遠心分離機のスイッチを入れた。ウィーンというモーター音が実験室に響く。

試験管の中で酵母を含んだ液とその他のでんぷんなどに分離されている。この作業を数回繰り返せば、酵母だけの液を取り出すことができるはずだ。

光は、今まで既存の酵母を使わずに酒を造ってきた。蔵の中に生存している酵母が、麹米と水を満たした醸造樽の中に落ちてくるのをじっくりと待っていた。

酒造りの時間はかかるが、二百年以上もの間、蔵に住み着いていた酵母が、最高に旨い酒を造ると信じていた。

しかし今回は、哲治が奇跡的に保管してくれていた酒母から酵母を分離し、その性質を科学的に調べるわけだ。何種類かの、性質の違う酵母が見つかる可能性が高い。そこから再起をかけた『福の壽』を造るつもりだ。今まで以上に香りの高い、旨味の強い酒、荒波町の海に生きる人間たちを勇気づける酒を造るのだ。

「どんな酵母が登場してくるか、今から楽しみだ」

孝平が明るい表情になった。

「そうですね。全部の結果が出るにはどれくらいかかりますか」

光が貢に聞くと、

「そうですね。一か月程度はかかるかもしれません」

少し思案した貢は、そう答えた。

酵母の働きは、麹菌が米のでんぷんを糖に変え、それをアルコール発酵させ、酒に変えることだ。その際、酵母は、酒に香気《こうき》成分と酸を与える。

代表的な香気成分には、リンゴや桃の香りに似たカプロン酸エチル、メロンやバナナの香りに似た酢酸イソアミル、パイナップルの香りに似たカプリル酸エチルなどである。

また酸は、リンゴ酸とコハク酸、乳酸、クエン酸などである。それぞれがどれだけ含まれているかによって酒の味わいが変わる。

これらの香気成分や酸の配合は、今まで蔵に住み着いている酵母まかせだった。言い方は変だが、酵母の気分次第で、酒の味が変わると言ってもいい。

しかしせっかく哲治が酒母を大事に保管してくれていたのだ。これを活用して、いったい『福の壽』の味はどんな酵母が造り出していたのか、検証してみようというのだ。それがわかれば、より旨味の強い、香り高い『福の壽』を造ることができるに違いない。

十二年振りに復活させようというのだ。以前と同じではなく、それ以上の酒を造りたい。

できれば全国新酒鑑評会で並みいる強豪たちを押しのけ、金賞の栄誉に輝きたい。

光は、津波や原発事故で失われた意欲が体に満ちてくるのを感じていた。

酵母が分離できれば、それを培養して増やし、それぞれで実験的に酒を造ってみるのだ。そしてその中に含まれている香気成分や旨味などを調べ、どの酵母を、あるいは複数の酵母を使用した方がいいのか決めることにする。

「一か月ですか？　待ち遠しいなぁ」

光は、ため息交じりに言った。

「本当だよ。明日にでも本格的に酒を造り始めたいものだ」

孝平も光と同じ思いだった。

「でも、それまでの間にいろいろとやることがありますね」

貢が光に聞くと、

「その通りです。蔵も、米も、水も、何もかもが今からです」

光は目を輝かせた。

「今度の酒は福島の、荒波町の、本当の復興の象徴になる酒だからな。福島中から選《え》りすぐった米、水を使うぞ」

孝平が勢い込んで言った。

「皆さん、ここにお集まりでしたか？」

実験室のドアが開いた。入ってきたのは國誉酒造の田村慎一だ。

「田村さん、よくここがわかりましたね」

孝平が笑みを浮かべた。

「矢吹さんが、酒造りを始めるってことは、我々の間で話題になっていますから」

「えっ、そんなに」

光が驚いた。

「そりゃそうでしょう。十二年の眠りから覚めるんですよ。皆、注目しています。何せ地酒中の地酒と言っていいのかな。『福の壽』は浜通りの人たちを酔わせ続けた酒ですからね」

「恐縮です」

光は頭を下げた。嬉しいと思った。会津を代表する「國誉」の慎一から評価されているのだ。

「鈴村さんも矢吹さんも水臭いな」

「えっ、どういうことですか?」

光が怪訝な顔をした。

「私、何かしたかな?」

孝平が眉根を寄せた、慎一の本意がわからないような顔をした。

「ははは」慎一が声に出して笑った。「水臭いの意味はね。会津華さんに協力を求めたんですね。私が蔵を貸すって言ったのに」

「そういうことですか」

光が表情を緩めた。

「矢吹さんが、酒を造るって決意したら、うちの蔵で造ってもらうって鈴村さんに話していたんですよ」

「それはありがとうございます。皆さんのご支援がなければ、酒を造れないのは悲しいような、情けないような……」

「情けないなんてことはありませんよ。酒屋は、みんな仲間ですから。矢吹さんが意欲を取り戻すことをどれだけ心待ちにしていたことか」

「感謝します」

光は、深く頭を下げた。感謝の思いがこみ上げ、涙腺が緩んだ。

「会津華の星野さんが、矢吹さんの酒母を十二年間も保管してくれていたんですよ。それで会津華の蔵で一緒に酒造りを始めたいって申し出てくださったのです」

孝平がそう説明すると、

「十二年も保管していたなんて奇跡です。今、分析していますが、酵母は元気に生きています。復活の時を待っていたのでしょう」

貢が胸を張った。

「その話は伺っています。でも会津華さんも厳しいと聞いていますが……」

慎一の表情が曇った。

「そのようですね。どこも大変です」

光も表情を曇らせた。

「だから星野さんは矢吹さんの復活に協力することで、会津華もともに復活させようと考えていらっしゃるんですよ」

孝平がそう言うと、

「大丈夫でしょうか？」

光も眉をひそめた。

「浜通りの荒波町と会津とが、ともに復活しようと協力し合う。とてもいいストーリーだと思います。私も一枚、かませてください」

慎一が真剣な表情で言った。

「いいじゃないか。こうして協力者が増えてくれることが本当の福島の復興になると思う」

孝平が満面に笑みをたたえた。

「私のところからは杜氏を派遣しますし、販売先を確保しましょう。さすがに十二年も経っていれば『福の壽』の棚はなくなっているでしょうから」

「私もそのことが気にかかっています。田村さんが支援してくだされば、心強いです」

光が言った。

「酵母の分析は進んでいますか？」

「ええ、とてもいい結果が出ると期待しています」

貢が誇らしげに答えた。

「新しい『福の壽』の誕生が楽しみですね」

「ええ、楽しみです」

光は、自信を深めていた。多くの人の支援に、深い感謝の思いを抱いていた。

3

夕刻、光は事務所に戻った。ハイテクプラザでは、まだ貢が残って酵母の分析を行っている。分析された酵母で実験的な醸造を行い、実際に酒を造ってみて初めて、本格的な醸造が始められる。十二月には酒造りを始めたいと考えている。後、二か月だ。

酒を造る決意はしたものの、いろいろと準備をしなければならない。極めて多忙になるだろう。しかし光の心は意欲に熱くなっていた。

事務所のドアを開けた。

「お父さん、おかえりなさい」

「ナギ、いたのか」

「お邪魔しています」

事務所の中から声をかけてきたのは高城浩紀だ。

光に弟子入りしたいと押しかけてきたが、酒を造る気はないと言ったために、どこかに行ってしまった。今時の若者らしく、単なる気まぐれで弟子入りなんて言ったのだろうと考えていた。だからではないが、ここに姿を現したことが信じられなかった。

「高城君じゃないか？　どうして？」

光は驚いた。

浩紀の隣に見知らぬ若者がいる。

「彼は？」

浩紀と見知らぬ若者が立ち上がった。若者が光に頭を下げた。

「大友和馬さんです。荒波町でお米を作っています。私の先輩です」

浩紀が紹介した。

「大友です」

大友は、がっしりした体に日焼けした顔をしている。米作りをしているからだろう。力仕事をしている男の純粋な力強さに溢れている。

「初めまして。でも、どうして？」

「和馬さんが矢吹さんに会わせてくれって言うので案内してきたんですよ。そうしたら凪子さんから、矢吹さんが酒造りを始めるって聞きました。最高です」

浩紀は笑顔になった。

「話したのか？」

光が凪子に聞いた。

「うん、お父さんが酒造りを再開する決意をしたってね。悪かった？」

「いや、悪くはないけど」

「僕は、酒には米が必要だろうと思いまして、勝手だったかもしれませんが旨い米を作る人を探していました。それで和馬さんのことを思い出したのです。矢吹さんの酒造りに協力してほしいって和馬さんに頼みました。そしたら会わせてくれって……。ねえ、和馬さん」

「ええ、とても興味を覚えたのです。米を作っていますが、地震や津波、そして原発事故の放射能汚染で、周りでも米作りを諦めてしまった人がいます。とても残念ですが、それも仕方がないと思っています。私は、意地でも米を作りますが、それだけでいいのかと思い始めました。どこか満足感が得られない。もう、放射能汚染も何もかも、どんどん風化していく。それなのに、福島の米は一向に昔通りの評価を得られない。もう、データ上は放射能汚染がないのに、低評価が続いている。どうしたらいいのかって焦《あせ》りもありました。そんな時、浩紀が矢吹さんの酒造りの話をしに来たんです。『福の壽』を造るのが、福島の本当の復興になるなんて面白いことをうわ言のように繰り返すんですよ。私もなんとなく興味が湧いてきて……」

「ここに来たってわけね」

凪子が割って入った。

「そうです。ここに来なくてはいけないという気になったのです」

和馬が真面目な顔で言った。

「大友さんは高城さんを経由しているけど、あのテレビニュースの映像に影響された一人ということになるのかな?」

凪子が言った。少し笑った。

「そういうことです。ザッツ・ライト」

浩紀が人差し指を立てた。

「ところで本当に酒造りを再開されるのですね」

和馬が真剣な顔をした。

「はい、まだいろいろ問題がありますが、幸い蔵付き酵母が発見されたのです」

「十二年も経っているのに、ですか」

　浩紀が目を瞠った。

「ええ、蔵付き酵母を使っていたのですが、どんな酵母なのか分析するために酒母をハイテクプラザに提供してきました」

「ハイテクプラザにあったのですか?」

「いいえ、親しい蔵が保管してくれていたんです」

「奇跡ですね」

　和馬が言った。

「本当に奇跡です。私も信じられませんでしたが、事実です。どんな酵母が『福の壽』を造っていたのか、初めてわかるんです。楽しみです」

「じゃあ、その酵母を使って新しい『福の壽』ができるんですね」浩紀が言い、和馬を見た。

「和馬さん、あれを」

「おお、そうだった」和馬は、リュックから袋を取り出した。「これは、今年、私のところでとれたコシヒカリです。酒造好適米は作っていません。矢吹さんは、地元荒波町の米で酒を造ると伺いました。ぜひ私のコシヒカリを使ってください」和馬は袋を差し出した。

　光は、差し出された袋から米を摘み、しばらく見つめていたが、口に入れた。そしてじっくりと味わうように咀嚼《そしゃく》した。

　和馬と浩紀は、光をじっと見つめている。

「お父さん、どうなの?　お米は炊《た》かなくてもいいの?」

凪子が言った。

光の表情がほころんだ。

「旨い」

光が言った。

「やったね」

浩紀と和馬が握り拳を合わせた。

「噛《か》めば噛むほど甘くなってくる。心白が大きいのではないかな。『福の壽』の米を作ってくださっていた里見さんご一家は津波で亡くなってしまった。酒は、水と米で作るものだ。里見さんが作る米がなくては、酒はできないと思っていた。いい米がなくては、いくら酵母が見つかってもいい酒はできないからね」光は、和馬を見つめて「ぜひこの米で酒を造らせてほしい。この米は、里見さんが作っておられた米の味に似ているんです。いや、そっくりだと言っていい。私の舌が、その味を覚えていたことに、今、驚きと感動を覚えています……」と頭を下げた。

「喜んで。こちらこそお願いします」

和馬が笑みをたたえて答えた。

光が両手で目を押さえている。

「どうしたの？　お父さん」

凪子が光に近づいた。

光は凪子を振り向いた。その目は、涙で濡《ぬ》れていた。

「泣いているの？」

「ああ、泣いている。嬉しいんだ」

「嬉しい？」

「私のように、一度、何もかも諦めた者を、もう一度酒を造れと多くの人が励まし、そして協力してくれる。ここにいる高城君も大友君も……。なぜ私のような、なんの役にも立たない男を助けようとしてくれるのか？　私から頼んだわけじゃない。皆が自主的に、進んで助けようとしてくれる。私には信じられない。神様は本当にいるんだって気にさえなる。本当に嬉しい。嬉しくてたまらない。だから自然と涙が出てくるんだ」

「それだけ『福の壽』が地元の酒であり、皆が復活を待ち望んでいるのです。亡くなった私の父も『福の壽』を晩酌に飲むのを楽しみにしていました。荒波町の家の食事には、『福の壽』がなくてはならないものだった。それが今はない。それでは本当の復興にはならない。魂のない復興が進んでいるだけなのです」

和馬が言った。

「僕は、あのテレビニュースを見た時、胸の奥から熱いものが込み上げてきました。矢吹さんに酒を造ってもらわねば、本当の復興はないと確信したからです。僕の家族は米沢に避難していますが、いつも夢に現れるのは、この荒波町の風景です。そこには『福の壽』があった。『福の壽』が復活したら父も母も、妹の美波も、そして離れ離れになっている同級生の健太やほかのみんなも荒波町に戻ってくるかもしれません。いや、戻ってくるでしょう」

浩紀が言った。その目は涙で潤んでいた。

「本当に、本当にありがとう」

光は、再び両目を手で押さえた。涙が止まらないのだ。

凪子が傍にやってきた。

「お父さん、よかったね」

「ああ、私は、この喜びを味わうために十二年間、生きていたんだと確信が持てた。やるぞ、ぜったいにやるぞ」

光は、拳を固く握りしめた。その拳に涙が滴《したた》り落ちていた。

光は、ようやく自分の居場所を見つけたような気持ちになっていた。それはまだ確信というほどのものではないが、それでも光を支えるだけの力はあった。

4

「井口さん、決意は変わりませんか」

鈴村孝平は、喜多方の井口酒造の井口宗太郎と沈んだ面持ちで向き合っていた。

事務所の中の土間は、湿り気を帯び黒々とした光を放ち、空気は冷え冷えとしていた。そこに二脚のパイプ椅子を置き、二人は座っていた。

「変わりませんなぁ」

井口は、呟いた。いかにも寂しげな響きを伴っていた。表情は、鬱々とし、時折、天井に目をやった。太い梁が渡されていて建物の歴史を物語っている。

「寂しいですね」

「仕方がないですなぁ。このまま酒造りを続けていても、赤字が膨らむばかりで、東京に住んでいる息子に迷惑をかけるだけですから」

「息子さんは、新聞記者さんでしたね」

「はい、日本産業新報《にほんさんぎょうしんぽう》におります。酒造りはやらないと言っています。それよりあちこち飛び回る方がいいんでしょうな」

「時代ですかね」

「時代ですね。後継者不足は……。昔と違って、今はいろいろなことをやれますからね。私なんぞは、父親に言われるままに酒屋の親父になりましたが……」

井口は、力のない笑みを洩らした。

「福島の酒蔵でも新しい人が酒造りに取り組むようになってきました」

「いいことですなぁ。私のところも息子がその気になってくれればと思ったこともありますがね。でも強制はできません」

「いい話があるんですよ。矢吹さんをご存じですね」

「ええ、蔵を津波で失った方ですね」

「そうです。酒造りを再開するんですよ」

孝平の表情が晴れやかになった。

「えっ、だって蔵がないし、十二年も経っていますよ。今さら……」

井口が言葉を詰まらせた。驚いているのは明らかだった。

「皆が、矢吹さんの造る酒を飲みたいと言い出したんです。酒母が残っていて蔵付き酵母を培養できる見込みになったものですから」

孝平の声が弾んでいる。先ほどの沈んだ様子から変化した。

「そりゃ奇跡だ。あの津波で蔵が流されたのに酒母が残っていたなんてね」

「ええ、奇跡です。それで矢吹さんも酒造りを再開する気になったのですが、私たちも考えさせられたのですよ」

「何を、ですか？」

「福島の復興が未だ道半ばにも至っていないってことですよ。復興を急ぐあまり現実を見ていなかったことに気づいたのです。荒波町は、まだ帰還困難区域が七割もある。そういう状況で、荒波町の地酒を復活させることが、本物の復興の道筋になるってことです」

孝平の話を聞き、井口は黙っていた。何かを考えているような様子だ。

「『福の壽』を復活させることが、復興への新たな希望になるってことだと思うのです。この考えは、誰かから押し付けられたわけではないのですが、テレビのニュース映像を見て、私が感じたことです」

「ニュース映像というのは、矢吹さんが登場していた、あれですか？」

「そうです。あれ、です。井口さんもご覧になりましたか？」

「ええ、見ました」

井口はわずかに戸惑いを見せた。

「あの映像に動かされて会津華の娘さんが東京から戻ってきて、後継者に名乗りを上げたのですよ」

「本当ですか？」

井口が驚いた声を上げた。

「井口さんは、どう思われましたか？　あの映像を」

孝平は興味を持った目を井口に向けた。

「私は、矢吹さんの背中に悲しみの深さを見ました。私がこの酒蔵を閉める覚悟を固めていたからでしょうか」

井口は目を伏せた。

「そうかもしれませんね。私たちは、あの背中に復興が全く進んでいないという現実から目を逸《そ》らすな、そんなプレッシャーを感じたのですよ」

「矢吹さんは、そんなことを意図したのでしょうか？」

「ははは」孝平は笑った。「全く意識していないでしょう。彼は、昔のままの気持ちで海を見ていただけでしょう。その背中に何を感じるか、考えるかは、人それぞれでしょう」

「ねえ、鈴村さん、一度、矢吹さんに会わせてくださいませんか？」

井口の目が輝いた。

「いいですよ。ぜひ、私からもお願いします。会ってください。何かが変わるかもしれません。今、ハイテクプラザに泊まり込んで酵母を培養しています」

孝平は嬉しくなった。井口宗太郎と矢吹光の出会いから、新たな何かが生まれるかもしれない。光は、本当の復興への触媒なのだから。

5

みずなみ銀行福島支店の支店長室には重く冷え切った空気が淀《よど》んでいた。

「会津華で『福の壽』を造るんです。これこそが福島の本当の復興なんです。お願いします」

会津華担当の菱田泰三は、目の前に座る支店長の大久保秀人《おおくぼひでと》に頭を下げた。

大久保は、半年前に本部の人事部から新任支店長として赴任してきた。瘦《や》せた体軀で、目つきも鋭い。

大久保は、鹿児島県出身で福島県には何の縁も所縁《ゆかり》もない。むしろ鹿児島は、戊辰戦争《ぼしんせんそう》で長州と組んで会津を攻めた側である。

名前も大久保というと、西郷隆盛《さいごうたかもり》と並び称される維新の英雄で、その後の明治政府の重鎮《じゅうちん》である大久保利通《としみち》と同じである。また鹿児島出身と言えば、苛烈《かれつ》な自由民権運動弾圧で悪名高い明治新政府の福島県令三島通庸《みしまみちつね》のことを思い出す。

福島県、特に会津では山口県人ほどではないが、鹿児島県人にいい印象を持っている人は少ないと言われている。

だからではないだろうが、大久保は、福島支店への赴任を決して喜んでいない。

課長の沼田隆と同様に、早く東京の本部に帰りたいと思っていた。

「無理だろう。君の案だと、残高の七千五百万円の返済を一時的に棚上げして、新たに三千万円の融資をしようというのだろう。そんなことをしたら借金を増やすだけじゃないのかね」

大久保は眉間《みけん》に深い皺《しわ》を寄せ、渋面を作った。

「そうですよね、支店長」沼田が揉《も》み手をしながら、大久保にすり寄った。「いくら会津華で『福の壽』の復活に協力するからって再建は難しいですよ。そんな酒、売れるかどうかわからないじゃないですか。それにあの娘さん、ちょっと生意気じゃないかね」

沼田は、会津華で、後継者の真由美にやり込められたのを根に持っているのだ。

「生意気ではないですよ。よしんばそうだとしてもそれと取引支援と何か関係がありますか？」

泰三は、険しい表情で沼田を睨んだ。

「いやぁ、個人的な資質で支援を云々《うんぬん》するつもりはないが、でも女性杜氏で、この厳しい経営環境の中、酒蔵を建て直せるのか」

沼田は、大久保の顔色をちらちらと窺いながら話す。

「彼女はとても賢明な女性です。意欲もあります。それに加えて社長の星野さんも意欲を取り戻しています。それは彼女が後継者になったからです。今度、『福の壽』を会津華の蔵で造ることになりました。この酒は、復興のシンボルになるんです。ストーリーがあるんです。これが評判になれば、『会津華』も一緒に復活できる可能性があります」

泰三は勢い込んだ。

大久保は静かに聞いている。

「菱田君に確認したいのだが……」

大久保が口を開いた。

「はい、なんでしょうか？」

「酒税法十二条だったかな……。三年以上酒を造っていなければ免許取り消しになるんじゃなかったかな？　それに……同じ日本酒だから問題はないと思うけど会津華で『福の壽』を造るのはブランドが一つ増えるだけなのかね」

大久保の質問に泰三は「うっ」と言葉を詰まらせた。

「おいおい、『福の壽』の復活はいいけど、矢吹さんだったかな、免許は失効していないだろうね。蔵がなかったのだから失効しているんじゃないのか？」

沼田が眉間に皺を寄せた。

「会津華に『福の壽』のブランドが一つ増えるだけ……。免許は大丈夫だと……」

泰三は、消え入りそうな自信のない声で言った。酒造免許のことは一切考えていなかったのだ。

真由美も何も言っていなかったではないか。

矢吹酒造所は、津波で蔵を流され、それから十二年もの間、酒を造っていない。免許が失効しているかもしれない。

「ブランドは幾つあってもいいと思うがね。しかし、それでは会津華の酒であって『福の壽』ではないんじゃないか」

大久保は、言葉を選ぶかのようにゆっくりと言った。

「そうですよね」

沼田が我が意を得たりという表情になった。

「沼田課長、私が言っている意味を理解しているかね」

「あっ、はい。えっ」沼田は慌てた様子で、「菱田君、どうなんだ？」

「支店長のおっしゃる通りです。会津華で酒を造るのはいいですが、それは『福の壽』というブランドを増やすだけです」

泰三は、深刻な表情になった。

「君が言うように『福の壽』復活のストーリーは多くの人の感動を呼び、売れるかもしれない。しかしそれが会津華の再建に役立つだろうか。君の言う福島の真の復興につながるのかね？」

「それは……」

泰三は口ごもった。

「菱田君、君にとって福島の復興が第一なのか？　それとも会津華の再建か、それとも両方なのか？」

大久保は泰三の考えを見抜くような鋭い目で見つめている。

「それは……」

再び泰三は口ごもった。

「二兎《にと》を追うものは一兎をも得ずって諺《ことわざ》があるよね」

「はい」

「私はね、二兎を追ってもいいと思う。会津華の再建と福島の復興だよ。私は、薩摩《さつま》の人間だ。薩摩の人間にとって酒は焼酎《しようちゆう》だ。日本酒ではない」

大久保は、どこか遠くを見るような目になった。

泰三は、唇を引き締め、真剣な目つきになった。大久保が、何を言おうとしているのか、その意図を知りたいと思っているのだ。

「喜び、悲しみの時、焼酎が絶対必要なのだ、私にはね。酒は、地域の文化、人々の生活、そしてその地にいる人間そのものを作っているのだ。福島にとってはそれが日本酒なのだろうね」

「その通りです」

泰三は、大久保の意図がわかり始めた。

「君は、福島の文化、人々の生活、人間を復興したいんだろう」

「はい」泰三は、目を輝かせた。「そのために矢吹さんの酒、津波と原発事故で、未だに多くの人が故郷を奪われている荒波町の酒、それを復活させたいのです」

「その結果、会津華も再建できればいい、と」

「はい、その通りです」

「会津華で『福の壽』を造るなら矢吹酒造所の名前で造らねばならない。たとえ会津華で造ったとしても、それはあくまで矢吹酒造所の酒なんだ。だって矢吹酒造所の酵母で造るんだろう？」

「はい、単にブランドが一つ増えただけでは矢吹さんの酒になりません」

「そうだよ。そうですよね。ただのブランドを増やすだけですからね」

沼田が大久保に媚《こ》びるような顔をした。

「沼田君、それならばどうすべきだと思うかね」

「えっ、私？」沼田は自分を指差した。「どうすればいいかって……。今回の会津華への支援は取りやめるとか……」困惑したような笑みを浮かべた。

「ははは、それじゃあ、何にもならないじゃないか。二兎を追うものは一兎をも得ずということになってしまう。オール・オア・ナッシングだよ」

「支店長、まず矢吹さんが今も酒造免許を保有されているのか。そして免許は、基本的に設備のある住所地に付与されますから、会津華で造った場合、どうなるのか。それらの問題をクリアする必要があります。酒税の問題ですから、会津若松税務署に相談する必要があります」

泰三が自信を持って答えた。

「よくわかっているじゃないか。税務署がＯＫなら支援をしてもいいと思う。当面は、会津華を星野さんと矢吹さんで共同経営してもらうことでもいい」

「ありがとうございます」

泰三は頭を下げた。

「私は、戊辰戦争では会津福島を攻めた官軍側だ。先祖の償いを微力ながら、させてもらいたい。というより菱田君の熱意に打たれたかな」

大久保は笑みを浮かべた。

「おいおい、よかったじゃないか。支店長のお墨付きがもらえたんだ。しっかりやれ」

沼田は、まるで自分の成果のように言い、泰三の肩をぽんと叩いた。

「がんばります」

早速、泰三は真由美に相談しようと思った。

6

井口は、三百年あまりも続く酒蔵を閉める決断をしていた。井口が作る「磐梯《ばんだい》栄《さかえ》」は多くの人に愛されていた。

しかし日本酒の需要はなかなか盛り上がらない。後継者もいない。井口自身も年を取り、新しいことに挑戦する意欲も失った。

鈴村孝平から矢吹光のことを聞いた時、衝撃を受けた。十二年前の大震災による津波で酒蔵を失ったにもかかわらず酒造りを再開しようというのだ。

矢吹酒造所が造っていた「福の壽」は、地酒中の地酒という存在だった。地元の米と水で造る、力強く逞しさを感じる酒だった。決して料理屋で飲む上品な味ではない。港で働く人が、仕事終わりに車座になって、一升瓶を回して飲むのに相応《ふさわ》しい酒だった。

いったいどうして？　なぜ？　疑問ばかりが湧き上がってくる。ビジネスとして、酒に明るい未来があるのか？　孝平の話によると、そうではない。ビジネスよりも福島の復興の象徴としての酒造りらしい。多くの人が「福の壽」の復活を望むことに、光が動かされたという。

十二年間も眠っていた酒母が見つかったり、蔵を貸す酒造所が現れたり、若者が集まってきたりと、光は動いていないのに光を動かそうとする力が集まってきたというのだ。

光に会えば、井口は希望を見つけることができるかもしれないと思った。

ハイテクプラザの中に入った。ここで光は蔵付き酵母の分析を行っている。

孝平との待ち合わせまでには、まだ少し時間がある。井口は、ロビーのソファに腰かけていた。

入り口から若者が飛び込んできた。息を切らしている。元気のいい印象だ。こんな若者が後継者になってくれれば酒造所を閉めはしないのに……。井口は、切なさに胸を締め付けられた。

若者は、井口の近くに腰を下ろした。スマホを見ている。時間を確認しているのか、友人と連絡を取っているのか？

「お待ち合わせですか？」

井口は若者に話しかけた。なぜ話しかけようと思ったのか、不思議な気持ちだった。ハイテクプラザに来る若者だったら、酒造りに関心があるのかもしれないと考えたのかもしれない。

「はい」若者は、明るい笑みを浮かべた。「東京の先輩が会いに来るんです」

「東京からですか。それは楽しみですね」

「はい、私が酒造りをすると話したら、それは面白いじゃないかって興味を持って」

「酒造りですか？」井口は興味を持った。名刺入れから、名刺を取り出した。「私は井口酒造の井口宗太郎と申します。『磐梯栄』という酒を造っています」

「『磐梯栄』ですか？」若者は目を輝かせた。「私は、荒波町出身の高城浩紀と言います。『磐梯栄』、飲んだことがあります」

「そうですか？　嬉しいですね」

「美味しいお酒ですよね」

「ありがとうございます。ところで酒造りに関係するとおっしゃいましたが、どういうことですか？　酒蔵にお勤めなのですか」

「いえ、そうじゃありません。矢吹酒造所ってご存じですか？」

井口は、驚いた。この若者の口から矢吹酒造所の名前が出てきたからだ。

「ええ、もちろんです。存じ上げています」

「矢吹さんは津波で酒蔵を流されてしまったのですが、今度、十二年振りに酒造りを再開するんですよ。私は、大学を休学して勝手に矢吹さんのところに押しかけて酒を造ってほしいってお願いしました。そして弟子にしてほしいって」

「酒を造っていない人のところに押しかけて弟子にしてくれ、ですか？　それも大学を休学してまで」

井口は、その無謀《むぼう》さに呆れた。

「おかしいですよね」浩紀は笑った。「でも矢吹さんのところのお酒は、荒波町の復興のシンボルなんですよ。ですからどうしても復活させたいと思ったのです」

「そうなんですか？　それで弟子になれたのですか？」

「なってしまいました。米を作っている先輩を矢吹さんに紹介しまして、その米でお酒を造ってもらうことにしました。今、ここで酵母を分析していますから、それを培養してから全てが始まります」

浩紀は、声を弾ませた。

「羨ましい」

井口は、思わず呟いた。井口の本音だった。どうして矢吹酒造所には人が集まるのか。酒を造る蔵がないというのに……。

「どうかされたのですか？　羨ましいっておっしゃいましたけど」

浩紀が同情するような表情を見せた。

井口は、酒造所を廃業する方向であることを説明した。

「そうだったのですか？　後継者がいれば廃業しなくてもいいんですね」

「そうなのですが、子どもたちは継ぐ気がありません」

「残念ですね」

「残念というより無念です」

井口が渋面を作った。

「おう、浩紀君、待たせたな」

長身の若者が入ってきた。

「柏木さん、こっちです」

浩紀は手を上げた。

「あの人も変わっているんですよ。元住倉商事。一国一城の主になるってコンビニを始めたのです。私は、そこでアルバイトをしていました」

「あの一流商社の住倉商事を退職して、コンビニですか？」

井口は、長身の若者をしげしげと見つめた。

柏木雄介は、井口に頭を下げた。そして顔を上げると「柏木雄介と申します。いつも高城がお世話になりまして、ありがとうございます」と言った。

井口は突然、頭を下げられたことに驚いた。

「柏木さん、違いますよ」

浩紀が笑いながら言った。

「えっ」雄介は不意打ちを食らったように、目を白黒させた。「この方が矢吹さんじゃないの」

「こちらは、井口さん。今さっき初めてお会いしたところです」

浩紀は微笑んだ。

「それは失礼しました」

雄介は、再び、頭を下げた。

「いやぁ、謝らなくて結構ですよ」井口は、言葉を区切り、「ところであなたも矢吹さんに会いに来られたのですか？」と聞いた。

「そうです。こいつ」雄介は浩紀を指さした。「すみません。こいつなんて、つい言っちゃって」

雄介は苦笑した。「高城君に大学を休んでまで酒を造りたいって思わせた人間に、どうしても会いたくなりまして」

「実は、私もそうです」

井口は言った。

井口は、雄介を好ましく思った。明るく、屈託《くったく》がない印象を受けたからだ。こんな若者が、酒造りに興味を持ってくれたらと思った。

「えっ、井口さんも、ですか？」

浩紀と雄介が、同時に驚いた。

「ええ、先ほど、高城さんにお話ししたのですが、私は、『磐梯栄』という酒を造っているのですが、日本酒の未来に期待が持てないこと、後継者がいないこと、そんな理由で廃業を決めたのです。その相談相手が、ここで待ち合わせをしている鈴村さんなのですが」

「鈴村孝平さんですか？」

高城が目を輝かせた。

「ええ、そうですが、ご存じですか」

「存じ上げています。矢吹さんが尊敬している酒造りの神様と言われる方ですね。まだ、お会いしていませんが……」

「酒造りの神様？　すごいなぁ。浩紀を酒造りに向かわせた人がいたり、神様がいたり、ここはなんてところなんだろう」

雄介が嬉しそうに笑った。

「鈴村さんは、酒造りの指導だけじゃなくて福島の酒蔵全体の将来についても考えて下さっている方なのです。それで廃業を相談したら、一度、矢吹さんに会ったらいいとおっしゃって……。だって、そうですよね。片や廃業を考え、片や十二年もの歳月を経て、酒造りを再開しようとする。矢吹さんに会ったとしても、何も起きないかもしれません。しかし会ってみたいという気になりましてね。それで紹介してくださる鈴村さんを待っている次第です」

「そうですか？　廃業をお考えなのですか？　井口さんの酒造所は、どのくらい歴史があるのですか？」

雄介が聞いた。

「三百二十年です。元禄《げんろく》時代です」

「ひえぇ、想像もつかない。元禄時代と言えば、赤穂浪士《あこうろうし》の吉良邸《きらてい》討ち入りですね」

「ええ、無駄に長く続けすぎました。時代の波に乗れなかったのですね」

「もったいないですね」

「仕方がないですね。柏木さんのような後継者が見つかればいいのですが」

井口は、雄介を一瞥《いちべつ》した。

「私、ですか？」

雄介は、自分を指さした。

「冗談ですよ。あなたのような若い方を見ていて、嬉しくなっただけです」

井口は微笑んだ。

「井口さん、お待たせしました」

鈴村孝平が現れた。

「今日は、お世話になります」

井口は言った。

「若い人がいますね。ご一緒ですか？」

「いえ、ここで会ったのです。こちらの方々も矢吹さんに会いにこられたようです」

「ほほう、そうなのですか？」

孝平は、浩紀と雄介を見た。

「柏木雄介です」

「高城浩紀です」

「高城君……」孝平は浩紀をじっと見つめた。「君のことは、矢吹さんから聞いていますよ。突然、押しかけてきて弟子入りさせてくれと言ったのでしょう。先日も、米農家さんを紹介したらしいですね」

「はい、どうしても矢吹さんにお酒を造ってもらいたかったものですから」

「君の弟子入りが叶《かな》うわけだ」

孝平は言った。

「はい、一緒に酒造りを始めます」

浩紀は、明るく答えた。

「君は？」

孝平は雄介に聞いた。

「高城君の友人です。彼を酒造りに引き込んだ人に会いたくて参りました」

「そうですか？　では一緒に参りましょう」

孝平は言った。

「羨ましい限りです」

井口は言った。

「羨ましいでしょうね。こんな若い後継者がいたら、廃業しなくてもいいですからね」

孝平が言った。

「おっしゃる通りです」

井口が同意した。

「研究室に参りましょうか」

「参りましょう」

井口が答えると同時に、孝平が前に立って歩き始めた。

第六章

始動

1

十二月の福島の朝は肌を熱した針で突き刺されているのではないかと思う程、痛い。寒いというのでは言葉が足りない。

光は、一糸《いっし》まとわぬ姿で、浴室に入り、水を浴びていた。

水垢離《みずごり》である。体を清め、酒造りを開始するにあたって、神に無事成功を祈るためである。

浴室が、水垢離に相応しい場所なのかどうか判断がつきかねた。以前は、矢吹酒造所で使用する水を汲《く》みだす井戸の前で行っていた。

しかし全てをなくした今、水垢離を浴室でやらざるを得ない。

何度も何度も水を被《かぶ》っているうちに、体の中から熱が発せられ、熱くなってくる。熱気にあおられた湯気が全身から立ち上る。

光は、水を浴びながら、涙を流していた。

助けられなかった智花のことを思い出したからだ。助けられなかったことを改めて、詫《わ》びた。

そして酒造りを再開することの許しを請《こ》うた。酒造りが順調に軌道に乗れば、いつか「智花」という銘柄の酒を造りたい。

津波のことを思い出した。よく生きていたな、という驚きとも感慨とも言える感情が起きる。なぜ自分は生き残ったのか。なぜ智花は死んでしまったのか。それは偶然なのか。それとも必然なのか。必然なら、自分に何か生き残った役割があることになる。それは何か？ その答えを探して十二年も経ってしまった。

妻の咲子が家族を高台に避難させた。幸い全員が無事だった。いち早く高台に逃げようと家族をまとめた咲子を褒めてやりたい。

家族に会えた頃には夜になっていた。波に浸《つ》かり、全身が水浸しになっていた。焚火《たきび》の周りに人だかりができていた。咲子たちも暖を取らせてもらっていた。光は、濡れた服を乾かさなければ、肺炎になってしまうと火の近くにいた。

家族は衣服など一切持ち出すことはできなかったため、着替えることができなかったのだ。痛いほどの寒さで、体にしびれが来る。火の近くにいながら、ガタガタと震えていた。唇は紫色になり、このままでは凍死してしまうかもしれないと恐怖を覚えた。

震える光の姿を見かねた人が、下着を含めた着替え一式を提供してくれた。地獄に仏とは、このことだと嬉しさに涙した。

着替えたものの寒さは厳しい。家族は高台で二日もの間、水も飲めずトイレにも行けなかったが、家族全員が生きていたことに感謝し、身を寄せ合っていた。

その後、避難所になっていたビジネスホテルに移り、そして山形の米沢市に避難した。

光のように家族が多い人を優先的に、山形が借り上げ住宅を提供してくれたのだ。

米沢で落ち着いていたが、ひと月後、光だけが荒波町に戻ってきた。何か、目論見《もくろみ》があったわけではない。あえて理由と言えば、あの海に智花が眠っているのかと思うと、彼女を一人にするわけにはいかないという思いだった。

水垢離を終え、体を丁寧に拭き、服を着る。今から、会津華酒造に向かう。

光は、外に出た。外は、真冬の寒さだが、水垢離のお蔭で、温かく感じる。車に乗り込み、エンジンをかけた。

新たに造る酒は、自分一人の酒ではない。多くの人の思いを引き受けた酒だ。

光は、「よしっ」と自らを励ました。車が静かに動き出した。

2

矢吹酒造所の蔵付き酵母の分析を進めている時、光はみずなみ銀行の行員である菱田泰三の訪問を受けた。会津華酒造の後継者である星野真由美も一緒だった。

泰三は、正直に会津華酒造の現状を話した。設備投資のために借り入れた一億円のうちの残債七千五百万円を返済しなければ、銀行としては運転資金を融資できない状況であるらしい。

会津華酒造の星野哲治は、昔は一緒に酒造りの未来を語り合った仲だ。今回、酒造りが再開できるのは、哲治が矢吹酒造所の酒母を保管してくれていたお蔭である。感謝してもし切れない。

それに加えて蔵を提供し、光の酒造り復活に全面支援を申し出てくれた。

ところが多くの酒造所同様に会津華酒造も経営は厳しいのだ。哲治は、何も言わなかったが、苦しさを隠しながら、光を応援してくれようとしている。

泰三が言うには、支店長の大久保秀人は、福島の酒文化を守りたいと考えているらしい。

「支店長は、会津華酒造を支援したいと考えています。それで『福の壽』の復活が、本当の福島の復興になるというなら、矢吹酒造所の名前で製造すべきだと支店長が言うのです。それがたとえ会津華酒造で造られた酒だとしても、と。ところで矢吹酒造所の酒の製造免許は失効していませんね」

泰三は真剣な目つきで言った。傍に立っている真由美も同様に真剣だ。

「支店長のおっしゃる通りですね。私は、皆さんに背中を押されてばかりでしたので、酒造免許のことを失念していました。免許はあります。でも長い間、酒を造っていませんからね。でもこの免許は自動的に失効しないと思いますから。税務署に行って確認します。ところで、もう一つが難問です。酒造免許は、地番に付与されています。ですから会津華酒造で造った酒は、会津華酒造の名前で出さねばならないんです。私も、今、そのことに気づきました。どうしたらいいでしょうか？」

「会津華酒造の一ブランドとして『福の壽』を出すというのではダメでしょうか」

泰三が食い入るように光を見つめた。

「矢吹酒造所の名前で『福の壽』を出したいですね。支店長は、なんとおっしゃっているのですか？」

「支店長は、矢吹酒造所の名前で出さなければ、本当の復興にはならないと……」

「ではその点がクリアになれば、支援していただけるのですね」

「その通りです。本当に福島の復興になるなら、支援すると申しております」

「わかりました。皆さんにお世話になりっぱなしですから、上手くいくかどうかはわかりませんが、税務署と話してみます」

「お願いします」

泰三と真由美が深々と頭を下げた。

光は、すぐに鈴村孝平に相談した。会津華酒造で造る酒を矢吹酒造所の地番、名前で出したいのだと。孝平は、國誉酒造の田村慎一を呼んで協議した。

結論として仙台国税局管轄の相馬《そうま》税務署に相談することになった。

光は、慎一、孝平と共に税務署に事情を説明しに行った。税務署員は、光たちの申し出に戸惑っていた。ましてや十二年も酒を造っていなかったのだからなおさらだ。謝絶されるのかと心配になったが、「上と相談します」と言い、席を立った。

待つこと一時間あまり。その間、光は、酒税法という法律の解釈を変えてもらってまで酒を造ることの意味と、そして失敗は絶対に許されないということを考え続けていた。

「上手くいくでしょうか」

孝平が慎一に心配そうな顔を向けた。

「大丈夫ですよ。私たちは、福島の復興のためになることをしようと思っているのです。役所も同じ思いでしょう」

慎一は胸を拳でどんと叩いた。

しかし、光は、慎一ほど自信を持てなかった。

役所仕事という言葉があるくらいだから、その仕事振りは杓子定規、教条主義的、ことなかれ主義だろう。光たちの思いを正面から受け止めてくれることはないに違いない。もし、光たちの思いを受け止めてくれたら、それこそ奇跡だ。

十二年振りに酒母が見つかったのも奇跡だった。奇跡が二つも起きるはずがない。

「おっ、戻ってきたよ」

慎一が目を輝かせた。

孝平は、手を合わせて、拝んでいる。神仏頼みだ。その気持ちはわかる気がする。光も同じ思いだ。

「お待たせして申し訳ありませんでした。本庁と協議していたものですから」

「本庁っていうのは仙台国税局ですか?」

慎一が聞いた。

「はい、その通りです」

「それでどうなりましたか?」

光は思わず聞いた。

「例外として認めようということになりました。矢吹酒造所の免許は荒波町ですが、会津華酒造で酒を造られても、その酒の製造は荒波町の免許発行地を表示しても構いません。当然のことですが、税金は矢吹酒造所にかかることになります。これでよろしいですか?」

税務署員は、満足そうな笑みを浮かべた。

「ありがとうございます」

光たちは一緒に頭を下げた。また奇跡が起きたのだと光は思った。

「福島の復興は道半ばです。『福の壽』の復活は、きっと荒波町や福島の人の力になるでしょう。私たちもみなさんと同じ思いです。応援しますから、矢吹さん、頑張ってください」

税務署員は、光を見つめて、励ましの言葉をかけた。光は胸が熱くなり、涙をこらえるのに必死だった。

泰三と真由美は、税務署の判断を聞き、大いに喜んだ。

「税務署も捨てたもんじゃないですね」

泰三は言った。

光は、その通りだと思った。世の中、捨てたもんじゃない。

支店長の大久保は、泰三から報告を受け、すぐに本店と協議した。そして会津華酒造の貸付金七千五百万円の返済猶予と、新規に三千万円の運転資金の提供を決めた。

あれほど反対していた課長の沼田は、掌《てのひら》を返したように、「福島のためにがんばろう」と言い出した。

「ありがとうございます。矢吹さん。これで会津華はまた頑張れる」

哲治は、光の手を握って感謝を伝えた。

光は、戸惑い、困惑した。自分は、何もしていない。むしろ酒母を保管してくれていたり、蔵を貸してくれたりと支援してくれる哲治に、礼を言わねばならないのは光の方だ。

「礼なんておかしいですよ。礼を言うのは、こっちなんだから」

光は、哲治に言った。

「でも、矢吹さんが酒造りを再開しようと決意しなければ、会津華は廃業に追い込まれていたかもしれない。まあ、いずれにしても一緒に旨い酒を造りましょう」

光は、会津華酒造の約六千リットルのタンクを一つ借りて「福の壽」を造る。他のいくつかのタンクは、今まで通り「会津華」を造る。

光が造るのはとりあえず一升瓶換算で約二千本が目標だ。

十二年前は、一升瓶換算で約五万本を造っていたから、本当にゼロからの再出発と言える量だ。

しかしこれでも冒険である。

酒造りの命とも言える酵母に関しても、今回は新しい試みだ。

哲治が保管してくれていた奇跡の酒母を分析し、酵母を取り出した。

ハイテクプラザの実験室で、孝平や貢と、酵母の顕微鏡画像を見た時、その美しさに涙が出そうになった。

美しい大輪の花が咲き誇っていた。命の花だ。よくぞ生き残っていてくれたと、光は感謝の言葉をかけた。

「矢吹さん、すごいなぁ。これがあの大震災と津波の前から生きていた酵母だよ」

孝平も感極まっていた。

「はい、本当にこいつら立派ですね」

光は目を潤ませた。

「これらの酵母を使って実験タンクで試験醸造します。その結果で、酵母の特質を決定します」

貢が研究者らしく厳粛《げんしゆく》に言った。

「楽しみだなぁ。いったい何種類の特質があるのだろう」

孝平が言った。

光も胸が躍った。「福の壽」は、力強く、それでいて優雅さもある味わいの酒だ。それらは蔵の中に長年にわたって住み着いた酵母が自然と造り出した味だった。しいて言えば、成り行き任せのところもあった。一番の難しさは、酵母の機嫌を損ねないようにすることだった。発酵が進むにつれ、その年の蔵付き酵母の特質を見極め、水や、米や、発酵温度を調整する。これに失敗すると、旨い酒にならない。

今回は、もう少し科学的になるかもしれない。蔵付き酵母の中に、どんな酵母がいるのかわかれば、それらの酵母のうち、どれを使うかによって香り、味などをコントロールできる可能性が出てくる。

しかし、と光は思った。酒は、人知を超えた生きものだ。こんな酒を造りたいと思っても、その通りにはならない。そこが難しいが、だからこそ魅力的だとも言える。十二年もの間、自分の中に残り火のように燻っていた酒造りへの思いを、思い切り激しく燃え上がらせたい……。

実験タンクでの試験醸造を経て、矢吹酒造所の蔵付き酵母は八種類もあることがわかった。リンゴのような香り、柑橘《かんきつ》類の香りなど香りに特質があるもの。爽やかな味、甘みが強い味、酸味が強い味、発酵力が強いなど、それぞれに個性がある。これら全てが複雑に、微妙に融合して、「福の壽」を造っていたのだ。

光は、これらの酵母を全て使って酒造りを再開したいと強烈に思った。

再出発には、生き残った酵母たちの全ての力を結集させるのだ。もし、今回の酒造りが軌道に乗れば、よりフルーティなもの、より力強く、辛口のものなど、いくつかの種類の「福の壽」を造ることも可能だろう。

しかし、今回は総力戦だ。

「鈴村さん」

光は、孝平に話しかけた。

「どうされましたか？」

「私、これらの酵母を総動員して『福の壽』を復活させたいんです。これらの酵母のうちから、どれかを選ぶことはできません」

「そうだと思いました」孝平は笑みを洩らした。「みんな一緒に頑張りたいですからね」

「はい。その通りです」

酵母は、八種類全てを使うことになった。でもそこで少し柑橘系の香りは強めるというような工夫を凝らすことにした。

会津華酒造の蔵で酵母たちが、出番を待ちながら胸を躍らせていることだろう。

「それにしても……」

光は、呟いた。いったいどれだけの人の人生を変えてしまったのだろうか。

光は、智花の霊を慰めるために日がな一日、海を眺めていただけだ。ところがその姿が映像で流れると、多くの人がなぜだか光のもとに集まってきた。そして人生を変えた。

浩紀、彼の友人・和馬、真由美、彼女の友人・泰三、父親の哲治、國誉酒造の慎一、鈴村孝平、吉岡貢……。

一番、驚いたのは廃業を決めていた井口が、酒造りを再開することだ。

それは浩紀のバイト先の先輩だった柏木雄介との出会いがきっかけだった。二人は、光に会うために来て、偶然出会った。そして意気投合した。雄介は、東京大手町のコンビニを閉め、喜多方に移住し、井口の下で酒造りを学ぶ。そして井口酒造所を買い取り、自分で経営するのである。今、銀行との交渉に入っている。取引銀行は、会津華酒造と同じみずなみ銀行福島支店である。担当はもちろん、泰三だ。きっと上手くいくだろう。

光は、自分が彼らの人生を変えてしまったのか、と慄《おのの》いたこともあった。しかし、本格的に酒造りに取り組む時が近づくにつれて、光が彼らの人生を変えた、悪く言えば翻弄したということではない。誰もが、自分の意志で動いたのだ。変わったのだ。

人生はY字路だ。その二股の交わるところに立ち、絶えず選択を迫られている。

右に行くのか？　左に行くのか？

以前のことだが、脊椎《せきつい》を痛めた友人が、こんなことを言ったのを思い出す。

体が万全だった時には、右足を出すか、左足を出すか、なんて考えたことはなかった。しかし、脊椎を患うと、自分の脳が右足で踏み出せと言っているのに、右足に指令が届かないのだ。その届かない感覚が、どうしようもなくイライラさせられるんだ……。

実際、私たちは人生のY字路の左右の選択を、何も考えずに行っている。しかし時々、自覚的に選択しなければならない時がある。今まで意識しなかったY字路が、突然、目の前に現れるからだ。

光は、Y字路の交わるところに立っていたのではないだろうか。多くの人が光の背中を見て、右の道を進むか左の道を進むかの選択を迫られたのだ。

その結果、右を選んだ者には、何事もなかったかのように今まで通りの生活が待っているが、左を選んだ者には、全く自分が想像していたのと違う人生が現れてくる。

誰もが人生の成功者になれるわけではない。あの時、どうしてあの選択をしたのか、と後悔しても遅い。一方、何もかもが上手くいき、地位も財産も手に入れられることもある。やはりあの時、あの選択をしてよかったと思う。

人は、過去に戻れない。過去のことを悔やんでもどうにもならない。前に進むしかない。目は後ろにはついていない。

彼らにとって光はどんな役割を果たしたのか。おそらくY字路の二股の起点に座っていたため、背後からでは一方の道を塞いで、見えなくしてしまっていたのかもしれない。だから彼らは、ここで「福の壽」を造ることに関わり合うという道しか見えなかったのだろう。きっとそうだ。

そして光にとって彼らはどういう存在なのだろうか。

彼らは、Y字路の起点に座っているだけだった光をいつのまにか一方の道に押し出して、歩くようにせっついてくれた。せっつくという言い方がよくなければ、勇気づけてくれたのだ。

3

光の運転する車は快適に走り、会津華酒造に近づいてきた。

いよいよだと思うと、武者震いがした。

昨夜は、山形県の米沢に住む家族たちと新しい出発に向けての祝いの席を設けた。といってもファミリーレストランで皆で揃って食事をしただけなのだが……。

「こうして家族全員が生きているだけでも神様に感謝しなくてはね」

母の十和子がしみじみと言った。十和子は、ボリュームのあるオムライスを食べている。

「実際そうだ。多くの友人が亡くなった。なんの落ち度もなく暮らしていたのに津波とはひどいもんだ。こうやって新しく出発しようという気になると、余計に腹が立ってくる。振り返りたくないのに、振り返ってしまう。人間とは、あさましいものよ」

清市は少し酔ったのか、顔が赤い。

「あなたがもう一度お酒を造る気になってくれるなんて、信じられなかった、最初はね。あの浩紀君が訪ねてきた時、目を白黒させていたものね」

咲子が、その時の様子を思い出し、笑った。

「俺は、目を白黒なんかさせていないよ。堂々たるものだっただろう。でも、突然、弟子入り志願してきたんだから驚くのは当たり前だよ」

光が咲子の方を向いた。

「浩紀君、面白いね」

凪子が囁くように言った。

「面白いだなんて」陽子が探るような目つきで凪子を見た。「お姉ちゃん、付き合っているんでしょう?」

「何、それ？」

凪子が真面目な顔になった。動揺している。

「高城さんと付き合っているんだと思ってた」

「そんなことないよ。彼は、今、酒造りに夢中なんだから。お父さんの弟子になっちゃうんだから」

「付き合ってもいいけど、今は、浩紀君には酒造りを覚えてもらわねばならない。明日から、しばらく蔵にこもりっきりだ」

光は笑った。

「付き合ってないって」

凪子が必死に反論する。必死になればなるほど、真実味を帯びてくるものだ。

賑やかなうちに食事会が終わり、夜、光は米沢を発《た》った。見送ってくれたのは咲子だった。

山形の冬の空は、まばゆいほどの星がきらめき、光を地上に注いでいた。

深呼吸すると、胸が痛いほど冷たい。会津華酒造のある会津は、もっと寒く、空気は冷え切っている。きっといい酒ができるだろう。

「あなた、思い切りやってね」

「ああ、軌道に乗ったら、一緒に酒造りをしてくれ」

「任せておいて」咲子は、力強く胸を叩いた。「私、本当に嬉しいのよ」

「どうして？」

「あなたはお酒を造っている時が、一番、輝いているから」

「今まで燻っていたって言うのか」

「そう、燻っていたわね、十二年間も。何か胸に重く苦しいものをため込んでいたわね。あなた、覚えてる?」

咲子が微笑んだ。

「何を?」

「あのこと」

「あのことって?」

「初めて私に飲ませてくれた『福の壽』のこと」

光の脳裏に奈良の図書館の貸出しカウンターにいる咲子の姿がまざまざと浮かんできた。

「思い出したよ」

光も微笑んだ。

「あれはあなたが大学の醸造科を卒業し、奈良で老舗の酒蔵に入社した頃のこと。あなたはいつも私が勤める図書館に来て、熱心に本を読んでいた。お酒に関する本だったと思う。時々、私がいるカウンターで本の貸出し手続きをしたから、覚えている」

「僕は、カウンターに座っている君に、その年の最初の『福の壽』を持ってきて、渡した」

「それも一升瓶で」咲子が声に出して笑った。「余程、酒飲みと思われたのね」

「そうじゃない」光は真顔で答えた。「咲子のこと、好ましく思っていた。いつも丁寧に応対してくれて『お酒を造っていらっしゃるのですか?』って聞いただろう。よくわかりましたねって僕が驚くと、『だってカウンターに近づかれると、お酒のいい香りが漂っていましたから』って答えた」

「そう、よく覚えていたわね。私、お酒が好きだったからとてもいい香りだと思ったの。酔ってしまいそうだったわ」

「それから少しずつ会話を交わすようになったんだね。それで『福の壽』を君に持っていった。あれは、父が造ったものだったけど」

光は、夜空の星を見上げた。宇宙の「気」が星のきらめきになって降り注いでくる。

「私、あの一升瓶を自宅に持ち帰って、飲んだ。もう最高だった。美味しくて涙が出そうになったわ。それであなたと付き合いたいと思った……」

咲子は、光の首に腕を回した。

「『福の壽』のお蔭か」

光は、咲子の腰に手を回した。

「そのお蔭で、私は福島に来てしまった。まさか、私が酒蔵の嫁になるなんて思ってもみなかった」

咲子は光を見つめた。

「後悔している?」

光も咲子を見つめた。

「ちっとも……」

咲子が目を閉じた。

光は、咲子の唇に自分の唇をそっと重ねた。

4

「お父さん、いよいよね」

真由美は、会津華酒造の蔵の前に立っている哲治に声をかけた。

「ああ、毎年、毎年、酒造りの最初の日は、たまらなく緊張するものだ。でもこの緊張がたまらなく心地よい」

哲治は、腕を組んだまま、空を見上げた。早朝の空は、まだ闇に覆われていた。わずかに東の山の稜線《りようせん》が白々としている気がするが、それは夜明けへの期待感からくる錯覚かもしれない。

「私も緊張する。清酒アカデミーで習ったことが通用するのかしら」

真由美が不安を滲ませた。

「大丈夫だ。安心しろ」

哲治が力強く言った。

車が駐車場に入る音が聞こえてきた。車から出てきたのは、浩紀だった。

「おはようございます」

浩紀は、矢吹酒造所の社員として働くことになった。これから初めての酒造りに臨むのだ。

「おはようございます」

哲治と真由美が声を揃えた。

「いよいよですね。矢吹さんはまだですか?」

浩紀が言ったその時、駐車場に車が入ってきた。光の車だ。

「矢吹さん、到着です」

浩紀の目が輝いた。

*

会津の國誉酒造の田村慎一も主任杜氏と並んで蔵に向かって歩いていた。

「社長、会津華に人をやりましたな」

主任杜氏がやや不満げに言った。

「ああ、あの蔵で矢吹酒造所が復活するからな」

「まあ、結構ですが、今の時代、人手不足なんですよ。うちの蔵も猫の手も借りたいくらいですからね」

「みんなで頑張ろうじゃないか」

慎一は呟いた。

「社長の口癖は、福島の酒造りは、みんなで協力し合わねばならない、ですもんね」

主任杜氏が口角を引き上げ、小さな笑いを洩らした。

いつも慎一のことは仕方がないと思っているようだ。

慎一は、主任杜氏や社員たちに「米がなければ、米を貸す。水がなければ、水を貸す。人がいなければ、人を貸す」と口癖のように言う。これが福島の酒造りだと。どこよりも旨い酒を造ることに関してはライバルだが、同じ酒造りの仲間として、互いに助ける時は助けるべきだという考えなのだ。

「助け合わねば、福島の酒に未来はないからな。日本酒の市場は、減る一方だ。早々に海外も視野に入れねばならない。しかし単独で海外に行くより、みんなで力を合わせて海外を開拓せねばならない。俺は、やるぞ」

慎一は、主任杜氏に言った。

「その時は、私をカリフォルニアに派遣してくださいね。カリフォルニアの太陽の下で、燦々《さんさん》と陽の光を浴びた酒を造りますから」

主任杜氏は豪快に笑った。

「お前、そんなことを言って、アメリカの女の子でも追っかけるつもりだろう」

慎一も笑った。

空を見上げた。星が輝いている。一つ一つが福島の酒造所に見えた。皆、一斉に輝いている。

「矢吹さん、一緒に頑張ろう」

慎一は呟いた。

*

柏木雄介は、井口宗太郎の隣にいた。

「雄介君、今、この星空の下で、あちこちの酒蔵で酒造りが始まっているんだ」

井口は、空を指さした。

「はい」

雄介は緊張して答えた。

「私は、嬉しい。それに信じられなかった」

井口は星空を見つめながら言った。その目から涙が落ちた。

「何が信じられなかったのですか」

雄介は聞いた。

「君が後継者になってくれたことだよ」

「そのことなら、私も信じられませんでした」

「君も、か」

井口が驚いた。しかし表情は穏やかに笑っている。

「はい。矢吹さんに会いに来て、井口さんにお会いしましたよね。その時、廃業するという話を伺って、突然、ひらめいたのです。自分がやろうって」

「突然、思いついたのかね。矢吹さんを交えて、君に酒造りのことを話していた際、君が突然、『後継者にしてください』と頭を下げただろう。あれには目玉が飛び出るほど、驚いたよ」

「申し訳ありませんでした。そんなに驚かせましたか？」

「ああ、驚いた。驚天動地っていうのはあのことを言うのだろうね」

「浩紀君が、矢吹さんの姿に心動かされて故郷を復興するために酒造りをすると言い出して、行動に移した際、私は、焦りました。自分も何かしなければいけないのではないか。このままではダメだって思ったのです。浩紀君からは、いつも連絡をもらっていました。その生き生きとした様子に感化されて、私も行動を起こすことに決めたのです。私も矢吹さんに会えば、何かが変わるかと……」

「そこに私がいたってことか」

「はい、その通りです。これこそ何かのご縁だと思ったのです。チャンスの神様は前髪だけだと。摑まないと逃げてしまうと」

「私が君のことを初対面で信じると思ったのかい?」

井口が真面目な顔で言った。

「初対面とは思いませんでした。以前から存じ上げているような懐かしさを感じました」

「そうか……。実は、私も同じだよ。人の出会いに時間はかからない。何年会っていても心が通わない相手もいるが、会った瞬間に百年の知己になる相手もいる。君と私とは、そういう関係だ。でも、私の債務を聞いた時には尻込みしなかったのかい」

「全く動じませんでした。二億円程度の借入金ならなんとでもなると思いました。私も一億円程度なら用意できましたから」

「君の覚悟を聞いて、みずなみ銀行福島支店に行った。私は、今回ほど銀行が頼りになると思ったことはなかったね。以前は、後継者もいない、売り上げもじり貧、将来性もない、融資を返済できなくなって苦しむ前に廃業した方がいいと勧められて、その気になっていたのだがね。まさか、支援しますって言われるとはね」

井口の顔がほころんだ。

「大久保支店長は、鹿児島出身ですが、福島の復興には、酒の復興が必要だっておっしゃっていました。理解ありましたね。担当の菱田さんも……」

「あの沼田っていう課長はちょっと頼りなかったけど、悪い人ではなかったね」

「既存の借入金は経営が軌道に乗るまで三年ほど返済を猶予していただき、私の資金一億円を担保にして、二億円ほどの運転資金枠を確保してもらいました」

「君が、一億円を用意してきた時は、なんて男だって思ったよ。本気なんだって。あの本気度が、銀行をも本気にさせたんだ。彼らも君には感動していたじゃないか。だから君に共同経営者になってもらった」

「コンビニの権利などを売却した資金です。事業を始めるために貯めていましたから。嬉しかったのは、井口さんの弟子でよかったのに共同経営者にしてもらえたことです」

「何を言うのかね。そんなこと当たり前だよ。いずれは井口酒造所が柏木酒造所という名前に変わってもいい」

「ははははは」雄介は笑った。「変えませんよ。一緒に日本一、旨い酒を造りましょう。師匠！」

雄介は、井口の手を握った。

その手は、熱く火照り、生命が脈打っていた。井口の新たな酒造りへの意欲が血管の中で沸騰しているかのようだった。

「柏木君、よろしく頼む。井口酒造所の再出発だ」

井口は、雄介を見つめ、その手を強く握った。

5

「これが私のタンクですね」

糊《のり》のきいた真っ白な作業服に身を包んだ光は、モスグリーンに塗装された六千リットルのタンクを軽く叩いた。

この中に十二年振りに「福の壽」が満たされるのだと思うと、武者震いが止まらない。

「君のために新しいタンクを用意した。とりあえず今回は一つだけだが、上手くいけば増やしていけると思う。國誉さんから応援もいただいているから君のやりたい方法で『福の壽』を造ってくれ」

哲治は言った。

「『会津華』の前に『福の壽』を仕込むのですか? それでは申し訳ない」

「私と父とで決めたことです。『福の壽』を優先しようって」真由美が言った。「一緒に造らせてください。それと、後で宣伝に使えるかもしれません、作業の邪魔にならないようにしますので、時々スマホで動画を撮らせてください」

「精米歩合は、六十%です。和馬先輩のコシヒカリを用意しました」

浩紀が言った。

「ありがとう。動画の件もよろしくお願いします」

光は、精米された米を手に取った。忘れていた感覚が蘇ってくる。この米の温かさ、優しさを今まで待っていたのだ。

米と水と麹で造られる酒は、精米歩合によって味が大きく左右される。

米の表面には、タンパク質、脂肪、ビタミンなど酒の雑味となる成分が多く含まれている。酒に必要なでんぷんは、米の中心部に多い。そのためどれだけ米を傷めずにでんぷんだけを取り出すかに腐心するのだ。

「精米には気を遣いました」

浩紀が言った。

「初めて扁平《へんぺい》精米に挑戦しました」

真由美が言った。

精米の歩合を上げ、タンパク質や脂肪を多く取り除くと、雑味がなくすっきりした酒になる。そのため米が割れてしまう可能性を厭《いと》わず三十五％程度まで磨く酒蔵もある。

しかし米の表面には、でんぷんをアルコールに変える発酵の際に必要な栄養が含まれている。単純に精米歩合を上げれば、旨い酒ができるとは限らないのだ。

今回の「福の壽」の復活に際しては、精米歩合を六十％にした。純米吟醸酒を造るつもりだ。荒波町の米作り農家である和馬が丹精込めて作ってくれたコシヒカリの旨味をたっぷりと味わう酒を造りたいからだ。

「扁平精米に挑戦する精米場があったのですね」

光は微笑んだ。

精米方法には、球形、原形、扁平などがある。一般には、丸く削る球形なのだが、可能な限り米の形を残すのが原形、そして扁平だ。

米からタンパク質を除くために精米歩合を上げていかねばならないが、もっと効率的に精米できないかと工夫されたのが扁平精米だ。

米の表面を扁平に削ることによってより均等にタンパク質を取り除くことができる。

そのため扁平精米の場合、精米歩合七十％でも、従来の球形精米の五十％と同等の効果があると証明されている。

それだけ雑味がなくきれいな味になるのだ。

「精米に時間がかかりましたが、精米屋さんが工夫してくれました」

浩紀が誇らしげに言った。

米の調達から精米まで、浩紀は自分一人で成し遂げた充実感を味わっていた。

「今年の米は硬いって鈴村先生がおっしゃっていた」

光は、米を触りながら言った。

玄米の水分率は、おおよそ十五％だ。精米すると乾燥も加わり、十％程度までになる。

乾燥しすぎると、米が割れるなどして、せっかくのでんぷんが洗米などの過程で流れ出しかねない。

そのため水分率を正確に把握して、洗米、浸漬《しんせき》に移らねばならない。

以前は水分計で測らなくても、手で触っただけで正確に水分率を測定できた。しかし今回は水分計を使う。水分率は十％だ。

いつもと変わらないという気がしたが、光は孝平の言葉を信じることにした。

「星野さん、鈴村先生の米が硬いという指摘はどうされますか？」

「そういうことだと、溶けにくいというか、醪になりにくいですな」

哲治が眉根を寄せた。

「水を減らしましょうか。浸漬の際も、蒸す時も」

光が言った。

「それは逆なんじゃないですか」

真由美が驚いた。

「そうですよね、米が硬いのなら、水を増やす方がいいんじゃありませんか」

浩紀が言った。

「いや、違う。そういう時こそ水を減らし、醪を濃くする方がいいと思います」

哲治が言った。

「私も同意見です」光は自信を持って答えた。「昔の経験で僭越《せんえつ》ですが、やはり米が硬い時がありました。その時、思い切って水を減らし、濃い醪を造ったのです。すると、思いのほか、香りが強くなったのです」

「不思議なものですね」

浩紀が感心したように言った。

「そうなんだ。米の出来はその時々で違うからね。硬い年、軟らかい年がある。その時々に合わせてどうしたらいい醪ができるか、臨機応変の対応が必要になるんだ」

哲治が言った。

「だから十二年前でも、過去の経験を披露させていただきました。さあ、米を洗いましょう。浩紀君、水は冷たいぞ」

洗米は、米の表面の糠《ぬか》を洗い流す作業だ。

糠が残っていると、酒に雑味が出てしまう。それに加えて次の工程の浸漬と同じように米に水分を含ませる重要な作業である。

米を十キログラム単位で、小分けして笊《ざる》に入れ、流水で十数秒以内に洗わねばならない。

優しく、丁寧に、米を壊すことなく愛情をこめて、かつ素早く洗わねばならない。

「さあ、始めましょう」

光は、自らを鼓舞するように言った。

第七章

熱気

1

洗米の過程において米は水分を取り込んでいく。米が含む水分量は、酒の出来不出来に大きく影響する。気が抜けない作業だ。

息を合わせて、米を壊さないようにしながらも米の表面の糠を丁寧に取り除かねばならない。

哲治が、ストップウォッチを持って洗米時間を測る。

光、真由美、浩紀、そして國誉から派遣された杜氏の山崎亀三郎《やまざききさぶろう》が手分けして米を洗う。

山崎は、南部杜氏の一人である。会津には、岩手県花巻《はなまき》市の南部杜氏と言われる人たちが多く働いている。

かつて南部藩と言われた青森県から岩手県にかけての一帯では、古くから酒造りが盛んだった。彼らはその技術を他郷《たきょう》に伝えることで収入を得る道としたのである。

彼らは、酒造りに優秀な技能を持つ集団であり、酒蔵は彼らの支配下にあったと言っていい。

以前は、酒を醸造する時期だけの派遣だった。郷里で米を作り、冬場は酒造りに出稼ぎに行く労働形態だ。

それが時代とともに変化した。南部杜氏の中から職業として酒造りを専業とする者が現れ、彼らは福島の各地の酒蔵に酒造りの責任者として勤務することになった。

亀三郎もそのうちの一人である。南部杜氏として、派遣ではなく、通年会津の國誉酒造の慎一のもとで働いているが、今回、会津華酒造に助《すけ》っ人《と》として派遣されてきたのだ。

冷気が満ちている酒蔵に、息の合った米を研《と》ぐ音が響く。

その音が光の鼓動とシンクロする。光は、今、自分が生きていると強く感じている。光には、鼓動なのか、米を研ぐ音なのか、はっきりしなくなってきた。

「浩紀君、あまり力を入れるな」

哲治が注意する。

「はい」

浩紀が真剣な表情で返事をする。その都度、白い息が吐き出される。浩紀の額には、玉の汗が浮かんでいる。

「強い力を加えると、米が割れてしまう。それに洗米の過程で数パーセントの水分を米に吸収させている。優しく研ぐと、米も水分を吸収しやすいんだ」

「わかりました」

浩紀は、哲治の指導の合間も手を休めない。

心強いと光は思う。

突然、浩紀が、弟子にしてほしいと飛び込んできた時は驚き、冷やかしはいい加減にしろと思ったこともあった。しかし浩紀は、冷やかしに来たわけではなかった。このままだとA大を中退しかねない。酒造りが軌道に乗れば、A大から東京農大《とうきょうのうだい》の醸造科への転入の可能性を探ったらどうだろうか。それは光の母校でもある。

洗米を終えた米は、浸漬の工程に移る。米を水に浸《ひた》し、吸水させるのだ。吸水率は、慎重に計測しなくてはならない。

浸漬後の米が水分を吸収して重量を増した分を、元の白米の重量で割って吸水率を計算する。そのため、洗米を秤《はかり》にかけられるよう、十キロに小分けして目の細かい布を敷いた笊に入れ、水に浸す。

「浸漬時間は、どれくらいにしますか?」

光は哲治に聞いた。

「九分にしますかね。少し水を少なくする方がいいでしょうから」

「それでいいと思います」

亀三郎が答えた。

「では、それでいきましょう」光は、米を手に取って触りながら言った。「浩紀君、ストップウォッチで計測してくれますか?」

「はい。了解です」

浸漬は酒造りの非常に重要な工程だ。数十秒、数分しか浸さない場合もある。また一昼夜という場合もある。季節や米の硬度、精米度によっても浸漬時間は変化する。

「水分量は、三段仕込みの初添《はつぞえ》、踊り、仲添《なかぞえ》、留添《とめぞえ》というそれぞれの段階でも気を遣わねばならないんだ」

「こんなに微妙だと、ＡＩに酒は造れませんね」

浩紀が言った。

「どうかな？　ＡＩを使って水分率を調整している日本酒メーカーもあるんじゃないかな」

光の返事に、

「そうですね。私たちのような杜氏の技術もＡＩにとって代わられる時代が来るんじゃないですか？　絶滅危惧種《きぐしゅ》かな」

亀三郎が皮肉っぽく口唇を歪めた。

「杜氏の技術は伝承していかねばならないと思います。しかし父が直面したように、後継者不足のことを考えると、ＡＩの支援も必要になるでしょうね」

真由美が真剣な表情で哲治を見つめた。

「そうだなぁ。この浸漬の作業では、十秒で水分率が一％上昇すると言われている。一％でも違えば、酒の出来に大きく影響する。浩紀君には、まだ無理だろうが、浸漬した米の具合というか、透明度というか、それを自分の目で確かめて水から引き上げねばならない。いちいち水分率を測るために水から引き上げるわけにはいかんからな。一発勝負だ。こんな作業は人間の経験に頼らずにＡＩで代替できたらいいのだが……」

哲治がため息交じりに答えた。

真由美が後継者に名乗りを上げてくれたお蔭で、ＡＩの活用など未来を語る気持ちになったのだ。廃業を覚悟していた時とは大違いだ。

「酒造りにＡＩを活かすなら、魚種によってどんな酒がいいかって味覚を指数化できれば面白いですね。ＡＩが最適な酒造りの方法を選択してくれると楽しいですね」

荒波町は多種多様な魚が豊富に水揚げされる。光はアジやサワラ、ヒラメに合う酒ができれば、食事が楽しくなるだろうと考えた。

「それはいいですね。でも、カレー、パスタ、ピザ、ハンバーグに合う日本酒なんてのもいいですね。日本酒イコール日本料理なんていう思い込みをぶっ飛ばすんですよ。日本料理だと言っても懐石《かいせき》料理ばかりじゃない。カレーやラーメンも、今では立派な日本料理ですからね」

浩紀がはちきれんばかりの笑顔になった。

「浩紀君、それ最高！　日本酒はどんな料理とも最高の友達になれるのよね。そんなお酒を造りましょうよ。ねえ、お父さん」

真由美が弾んだ声を上げた。

「さあ、話はそれくらいにして浸漬に集中しましょう」

亀三郎の表情が引き締まった。

「そうだな。だったら私が時間を計る」

哲治が浩紀から受け取ったストップウォッチを握った。

浸漬は、酒造りの根本となる緊張する作業だ。その工程で、皆でいろいろな話で盛り上がるなどとは光にとって信じられなかった。

かつて光は、酒の神に全身全霊を捧げ、途中で命を取られても悔いはないというような作業をしていた。辛くて、苦しくて、その場から逃げ出したいと思わないでもなかった。しかし、今は違う。若い浩紀や真由美と作業するのが楽しくて仕方がない。

十二年もの間、胸のつかえがとれず、他人とのコミュニケーションもあえて積極的に求めなかった。今は、彼らと関わるだけで心が弾む。

「いい酒ができるでしょう」

光は呟いた。

「どうしたのですか？　急に」

哲治が小首を傾げた。

「楽しいんです。おかしいと思われるかもしれませんが、酒造りの作業が、こんなに楽しいと思ったことはありません。楽しいと、酒が美味しくなるに違いありません。酒は生きていますから。作り手の思いがそのまま反映します」

光は笑った。

「本当にそうです。辛い、悲しいという思いで造った酒より愉快、楽しいという思いで造った酒の方が旨いですから。私は、自分の子ども、孫が生まれた時の酒が、今までで最高の出来でした」

亀三郎も笑顔だ。

「酒って不思議ですね」

浩紀が感慨深げだった。

「本当ね。いいお酒を造るためにも、自分を磨く必要があるわね」

真由美が言った。

洗米した米が、会津の冷たく澄んだ水に浸されている。

今年の米は硬い。だから水分率をあまり高くしないで、濃い醪を造るため、水の量は思いのほか少なくしている。

米が水をどんどん吸い込み、表面が透明になってくる。

亀三郎が、黒いトレーにわずかに米をすくい取る。

「透明になっていますね」

浩紀と真由美がトレーを覗き込む。

「目玉を見るんだ」

「目玉、ですか？」

浩紀が亀三郎を見て聞いた。

「米の中心部に白いところがあるだろう」

「ありますす」

「それが目玉だ。水を吸っていない部分だ」

「この目玉の具合を見極めるのが、優れた杜氏かそうでないかの分かれ道だよ」

光も米を覗き込む。

「トレーの中のわずかな米の目玉の具合を見極めて、全体の浸漬状況を判断するんですね」

浩紀が、感心した口ぶりで言った。

「ストップウォッチはあくまでも目安で、杜氏の判断にかかっているんですね」

真由美も浩紀と同様に感心し、大きく頷いた。

「目玉の見極め次第で、蒸した際に軟らかすぎたり、硬すぎたりする。ちょうどよくならない。本当に繊細な感覚が要求される作業なんだ」

米を見る亀三郎の目が鋭い。

「時間だ。どうだね。亀三郎さん」

哲治がストップウォッチを見た。

「いいでしょう。引き上げましょう」

亀三郎は頷いた。

次は、一晩かけて米を休ませながら、しっかりと水を切る。米の水分量を均一化するためだ。水切りが不十分だと、蒸しの過程で理想である「外硬内軟《がいこうないなん》」にならないことが多い。

「米の番は誰がするかな」

哲治が聞いた。

「私がやります」

浩紀が手を挙げた。

「それじゃ私と一緒に寝ずの番と洒落《しやれ》込みますか？」

光が言った。

浸漬した米の寝息を聞きながら夜を過ごすなんて、最高に幸せな時間ではないか。光は、夢のようだと、思わず太ももをつねった。痛みを感じた。夢ではない……。

2

「どうだい、酒造りは？」

光は、会津華の蔵の中の事務所で寝袋に体を収め、ソファに横たわっていた。

反対側のソファでは、浩紀が同じように寝袋に入っていた。

事務所内は明かりが消え、真の闇が支配していた。それに加えてストーブも消していたので寒い。寝袋に入っていなければ、凍《こご》えてしまう。

光の声だけが、闇の中を飛び、浩紀に届いていた。

「すごく興味深いです。非常に人間的な気がします。今は、どの世界も機械というか、コンピュータに支配されていますが、ここでは人間の技量が試されています」

やや興奮気味に浩紀が答えた。

「そうだね。人間臭さが満載だな。材料やその他のデータが同じでも、作り手によって全く違う味になるからね」

「そうなんでしょうね。僕が矢吹さんに酒造りを教えていただいても、僕が造れば違う酒になる……」

「そうだよ。だから面白い。十二年振りに酒造りに復帰したけど、血が騒ぐというか、興奮しっぱなしだよ。こんな時は、落ち着きのない酒になってしまうかもしれないな」

「造り手の気分も酒に反映するんですね」

「当然だよ。だから夫婦仲よくしないといけないんだ。浩紀君も恋人ができたら大切にしないと、いい酒が造れないよ」

「わかりました」

浩紀が真剣な口調で答えた。

光は、冗談のつもりで言ったのだが、真面目に受け止めたようだ。いい奴だ、光は暗闇に横たわる浩紀の方向に視線を向けた。

「眠るか？　明日も早いから」

「米の寝息が聞こえます」

「本当？　聞こえるの？」

「そんな気がします。今、米は余計な水を落として、旨い酒になるために眠っているんですね。いいなぁ。最高です。こんなところで眠るのは夢のようです」

「浩紀君は、変わっているな。A大を卒業したら、どこかの企業のエリート社員になるんじゃないのかい？」

「どんな道を歩くかはわかりません。しかし、どんな道を歩こうとも、自分らしくありたいと思います」

「その道の一つが酒造りの道であれば、私としては嬉しいね」

光の問いかけに、浩紀の返事はない。どうしたのかと、再び浩紀の横たわる方を向いた。

静かな寝息が聞こえてきた。

「私も寝るか」

光は目を閉じた。

米も心地よく眠っているようだ。

3

まだ陽が昇らないうちに、光の携帯電話が鳴った。ＬＩＮＥが送られてきたのだ。妻の咲子からだ。

〈順調ですか？　あなたが頑張っていると思えば、私も頑張ろうという気持ちになります。お義父《とう》さんも、お義母《かあ》さんも、凪子も、陽子も、皆で応援しています。休みをいただけそうなので、イカ人参や、あなたの好きな荒波焼きそばを作って差し入れようと考えています。風邪を引かないようにしてくださいね〉

荒波焼きそばは、荒波町で昔から食べられている焼きそばだ。太麺《ふとめん》で、具材は、もやしと豚肉だけと、いたってシンプルなのだが、こってりしたソースが麺に絡んで、箸が止まらない。光の大好物だ。酒ができると、酒蔵の庭で、バーベキュー道具を設置して、家族や従業員たちと荒波焼きそばでパーティを行った。懐かしい思い出だ。

光は、寝袋から出た。浩紀を起こそうと思ったが、既に寝袋から出ていた。

「おはようございます」

顔を洗った浩紀が事務所に入ってきた。

「おはよう。早起きだな」

光は感心した。

「熟睡したと思うのですが、目が開いたら、もう寝られなくなってしまって……」

「君も興奮しているんだね」

光は、タオルと歯ブラシを持って洗面所に向かった。

「矢吹さん、おはようございます」

「真由美さん、おはようございます。早いですね」

「矢吹さんこそ」

「浩紀君には負けますよ」

「そうみたいですね。彼もよく眠れなかったのでしょう」

「私は、妻のＬＩＮＥで起こされました」

「そうでしたか。仲がいいですね」

「ははは、そんなこともないんですが……」

光は照れた。

「今日も冷えますね」

真由美が肩をすくめた。

「お腹《なか》、空きました」

浩紀がお腹を押さえた。

「そうですね。朝食の用意がしてありますから、ご一緒にどうぞ」

真由美が言った。

「僕、納豆が大好きです。納豆、ありますか?」

浩紀が言った。

「ダメなんだよ、納豆はね」

光が苦笑した。

「えっ、苦手なんですか?」

「そうじゃない。納豆や漬け物、ヨーグルトなど麴や菌を使った発酵食品は、酒造りの最中は口にできないんだ。酒造りに納豆菌が紛れ込んだら、大問題だろう?」

「そうですね。納豆臭い酒になるかも?」

「ははは」

光が笑った。

「面白いですね。浩紀さんは」真由美も笑顔になった。「おにぎりと、サラダや卵焼きをお腹いっぱい食べてください」

「ありがとうございます」

「今日は、米を蒸すからね」

光は、浩紀を励ますように背中を軽く叩いた。

陽が昇り、蔵の屋根、そして壁を金色に染め始めた。光は、陽光を全身に浴びながら、大きく息を吸い、息を吐いた。腹の底から、力が湧き上がってくる。

4

米を蒸す工程に入る。食事に使う米は炊くが、酒の場合は蒸すのである。炊くと必要以上に水分を吸収してしまい、軟らかくなりすぎる。それでは酒造りに適さない。

甑《こしき》に入れ、米を蒸す。甑というのは、いわば蒸籠《せいろう》のようなものだ。

「これが我が社の甑です」

哲治が自慢げに指差した。

「立派ですね」

光は感激した。

甑は、一般的には、ステンレス製が使用されている。しかし、目の前の大きな甑は木製だ。

「この甑は、会津華酒造の宝なんですよ。熱によって変形しないように杉の柾目板《まさめいた》を使っているんです」

「ここまで木目が美しい杉は貴重ですね。樹齢を重ねた杉でも、そうそうは取れませんからね。それにこの箍《たが》ですよ――」

哲治が、甑を締めている竹の輪を触った。

「竹ですね。ものすごい職人技だ」

「この竹の箍は、きつく締めればいいというものではありません。きつく締めると、熱で甑が膨張した時に割れてしまいます。ですから熱で膨張した時に最適になるように作られています。本当の職人技です」

「私は、ステンレス製を使っていました」

「普通は、そうです。この木の甑を作るのに二年から三年はかかりますし、技術を受け継いだ職人も減ってきましたから、これは本当に貴重なものです。この木の甑は百年は使えると言われています。これも五十年は使っています」

光は、甑に手を当てた。長い歳月を経た木のぬくもり、逞しさが伝わってくる。心がますます強くなっていく。

「ありがたいです。こんな立派な甑で米を蒸すことができるなんて……」

「最高ですね。これは」亀三郎も感動している。「昔は多くの酒蔵で木の甑を使っていたのですが、今では金属製にとって代わられましたからね」

「木の甑にメリットがあるんですか」

浩紀が聞いた。

「それはね、熱が伝わりにくいことね。ステンレス製は熱伝導率が高いから、効率よく蒸すことができるけど、木は熱伝導率が圧倒的に低いから、じっくりと時間をかけて蒸すことができるわけ。熱伝導率が高いと、甑周辺が早く熱くなるから、すぐに軟らかくなってしまうのね。この甑は我が会津華の自慢なの」

真由美が甑をポンと叩く。

「早く蒸し上がったのを『甑肌』と呼んで、酒造りの理想としている『外硬内軟』とはかけ離れてしまうんだ。木だとじっくり蒸すことができるから、均等に蒸すことができるんだ」

哲治の説明に、「それに冷《さ》めにくいからね。寒冷期の酒造りには、蒸米の温度管理が重要だからね」と亀三郎が付け加える。

「すごいなぁ」

浩紀が思わず呟いた。

「さあ、蒸し始めようか」

光が合図する。

浸漬米を甑に入れる。一度に大量に入れない。甑の下には罐《かま》と呼ぶボイラーが設置されており、そのボイラーで熱せられた蒸気が出る仕組みになっている。

昔は、薪《まき》で焚《た》いていたが、今は、ガスが熱源である。

米を蒸す理由はいろいろだ。

第一は、酒を造る過程で雑菌などの侵入を防ぐためである。酒造りには、酵母を利用するが、長期に亘る発酵の過程で、どうしても雑菌が侵入する。それを蒸すことで麴や酵母が最も働きやすい温度環境にするのが目的だ。

蒸すのは、早朝の冷え切った空気の中で行う。蒸米を自然の冷気で冷まし、麴が働く温度にするためだ。現在では、四季を問わず酒が造られるが、「寒造り」と言われ、寒い季節の仕事だった理由は、冬の冷気にある。

会津は、光が酒造りを行っていた荒波町より山深く寒さが厳しい。光の経験より、蒸米の温度が急激に下がるかもしれない。それだけのことで酒の味は変化する。どのように変化するのか、不安だが、楽しみでもある。

ボイラーに火を入れると、熱い蒸気が発生する。米には綿布《めんぷ》をかけ、蒸気をあますところなく使うようにする。

米を投入するたびに、噴き出る蒸気が顔を熱くする。それが、なんとも言えず心地よい。

「蒸気の温度は、どれくらいなのですか？」

浩紀が聞く。

浩紀と真由美は、浸漬米を桶《おけ》に小分けしている。

「百度以上が望ましいけどね」

光が答える。

「会津は荒波町より高地にありますから、少し沸点が低くなるかもしれません。ですから甑の底に加熱器を設置して、蒸気の温度を上げる工夫をしています」

哲治が答えた。

ボイラーから送られてくる蒸気を、さらに加熱器で熱するのだ。温度が低いと、蒸米に求める「外硬内軟」にはなりにくい。

「よく考えられていますね」

光は感心した。

哲治は、大衆受けする普通酒に手を出して借金を増やし、会社を傾けてしまったが、旨い酒を造るための投資を惜しまなかったのだ。

浸漬米を新たに加えては、ぶんじという木製のスコップで均等にならし、綿布をかけて蒸し上げる。その作業を繰り返していく。蒸し時間は、一時間ほどが目安だ。

シューシューと甑が湯気を噴き上げる。

光は、湯気を手であおぎ、自分の方に寄せた。米の優しく、甘い香りが光を包む。目を閉じた。

光の目に、震災当日の景色が浮かんだ。

二〇一一年三月十一日、酒造りも全ての工程を終え、新酒を搾《しぼ》り終えていた。

甑倒しだ。酒造りに使った甑などの道具を丁寧に洗い、従業員たちを集めて、蔵でささやかな宴《うたげ》を開く予定にしていた。

従業員たちに、お疲れさまと言い、搾りたての新酒で乾杯する。酒造りに関わる者たちにとって一年で一番、寛《くつろ》げる日になるはずだった……。天国のような一日、それが甑倒しの日だ。ところがそれが一瞬にして地獄に変わってしまった。

光は、甑から上がる蒸気に身を委ねながら、こんな幸せな日が来るとは信じられなかった。きっとささやかでも希望を失っていなかったから、神様がご褒美《ほうび》をくれたのだろう。そう思うことにした。

一時間が経過した。

光は、蒸し上がりを見るために米をひと握り手に取った。

米を実際に自分の手で揉み、硬さ、弾力、手触り、香りを調べる。

「ひねりもちを手に取ってみて」

手に取ったひと握りの蒸米を、ひねりもちという。

光は、浩紀と真由美に言った。

「機械ではなく自分の手の感触を信頼するんですね」浩紀は、蒸米を手に取った。「わかりません。これがいい蒸し具合なのか？」

「私もわからないわ」

真由美も困惑した。

「わからなくてもいいですよ。たくさん経験を積んでいけば、わかるようになりますから」亀三郎は矢吹を見て、「どうですか？」と聞いた。

「いいと思います。いい仕上がりです。勘は鈍っていないはずです」

光は、亀三郎に笑みを浮かべた。

「さあ、蒸米を冷ますぞ」

光は、ぶんじで蒸米をすくい、小さな木桶に入れる。

水分をたっぷり吸い、蒸し上がった米は重い。木桶に入れる作業は、熱気と重みで、想像以上に辛い。

光が、木桶に蒸米を入れると、全員で運んで綿布を敷いた木の板に空け、素手でほぐし、広げる。この木の板のことをさらし台と呼んでいる。

甑から蒸米を取り除き終えた光も加わる。皆、無言だ。声を出せるはずがない。蒸米は熱く、それに耐えるしかないからだ。たちまち手が真っ赤になる。それにも耐えねばならない。耐えられないほど手が熱いが、なぜだか光の心は軽くなっていく。酒を造る喜びが、気持ちを軽くしている。

ベルトコンベアに蒸米を流して、冷風を浴びせながら放冷機を使用して強制的に冷却する酒蔵もある。

また蒸米を広げる際に、櫂《かい》割りという木製の櫂を使って蒸米を広げることもある。

しかし会津華酒造では、全て手作業で行っている。手作業を繰り返すことで、酒に造り手の愛情がより強く注入されていく気がする。それにしても火傷《やけど》しそうなほど熱い。

浩紀を見た。熱さに耐えようと表情は苦しそうに歪んでいる。思わず「頑張れよ」と、光は言葉には出さずに浩紀を励ました。

いよいよ製麹《せいきく》という工程が始まる。これが最も神経を遣う作業だ。

「一麹、二酛、三造りという言葉があるくらい、麹造りは酒造りの肝《きも》なんだ」

真由美と浩紀に語りかける哲治の言葉には、これからの福島の酒造りを若い二人に支えてほしいという期待が込められている。

適度に冷めた蒸米を木桶に入れ、順次、麹室に運び入れる。

麹室の中は温かく、湿度もある。空調設備によって気温三十度程度、湿度四十%程度に保たれている。

外は零度かそれ以下だろう。しかし麹室の中は一定に保たれている。湿度も適度な状態だ。ほんのりと暑いが不快ではない。

現在は、空調設備が整い、適切に管理されているが、昔は、自然の中で麹が最も動きやすい環境を作るために苦労したのではないだろうか。

麹は、米のでんぷんを糖に変える働きをする。この糖を酵母が食べることでアルコールになるのだ。麹をしっかり働かせて、酵母の食べる糖をたっぷりと造らせねばならない。腹が減っては酵母も戦《いくさ》はできない。

「さあ、蒸米を床《とこ》の上でほぐしていくんだ」

まるで雪のように真っ白な蒸米が、目の前に広がっている。米の馥郁《ふくいく》とした香りが心地よい。

皆の手が、一つの生きもののように動き、蒸米の塊《かたまり》をほぐし、綿布が敷き詰められた床の上に広がっていく。

塊ができないように、細心の注意を払って、優しく、丁寧に蒸米をほぐしていく。蒸米の一粒、一粒が立ち上がり、くっきりと際立っていく。

ほぐし終え、しばらく待った。蒸米が徐々に冷えていく。

光は、先ほどまで蒸米の中で動かしていた両手を見つめた。

この手が、喜んでいる。本当に長い間待っていたのだ。十二年もの間……。なぜもっと早くこの喜びを感じようとしなかったのだろうか。いや、待ったからこそ喜びも大きいのだ。

どれくらい時間が経過しただろうか。一時間、二時間……それ以上か。誰もが無言で床に広げられた蒸米を見つめていた。

「もういいかな」

哲治が呟く。

「温度はこれくらいでいいんじゃないでしょうか?」

亀三郎が光に問いかける。

光は、蒸米の中に指を差し入れた。温度計がなくても温度はわかる。

「いいでしょう」

優しい米のぬくもりが指先から伝わってくる。

「すごい」

真由美が興奮した声を上げた。

「何が？」

光が聞く。

「指先だけで適温がわかるんですね」

「長く酒造りから離れていたから、勘が鈍っていないか心配だった。でも大丈夫みたいだ」

「私もできるようになりますか？」

「なるさ。指を入れてごらん」

「はい」

真由美が指を蒸米に差し入れた。

「その温かさを体で覚えておくんだ。米が、酒になりたいって言っているだろう」

「そんな気がします」

真由美は答えると、浩紀を見た。

「僕もやってみます」

浩紀も蒸米に指を入れた。

「いい温度です」

浩紀は笑みを浮かべた。

「それがわかれば十分です」

亀三郎が笑みを浮かべた。

「ははは」哲治が笑った。「矢吹さんの域に達するには十年早いよ。さあ、矢吹さん、蒸米の温度もいいし、『外硬内軟』の最高の状態だ。種切りをお願いします」

種切りとは、蒸米に麴菌を振りかけることだ。

「私にやらせていただけるのですか？」

光は聞いた。

「矢吹さんの酒ですよ」

哲治は優しげな笑みを浮かべた。

「ありがとうございます」

麴はニホンコウジカビ、すなわち黄麴菌《きこうじきん》だ。麴菌の善《よ》し悪《あ》しで酒の味が決まるともいわれる。

これが目の細かい布に覆われた専用の篩《ふるい》に入っている。

光は、篩を手に取った。鼻にツンと刺激が走った。その途端に涙腺が緩んだ。涙がこぼれそうになった。蒸米に涙を落とすわけにはいかない。光は涙をこぼさないように必死に耐えた。

哲治も、亀三郎も、浩紀も、真由美も、誰もが唇を固く閉じ、沈黙を保っている。まるで厳粛な儀式でも始まるかのようだ。

そうだ。これは儀式なのだ。新しく生まれ変わる儀式なのだ。

光は、篩を持ち上げると、蒸米の上で振った。

一振り、二振り……。

蒸米が広げられた床をゆっくりと移動しながら篩を振る。その度に麴室の中に、微細な麴菌の胞子が輝きを放ちながら蒸米の上に落ちていく。光の振る篩の動きに合わせて、舞《まい》を舞っているようだ。

それらは天窓から差し込む陽光に照らされて、きらきらとダイヤモンドダストのように輝く。麹菌の笑顔が見えるようだ、と光は思った。

最高だ、と叫びたい思いが募った。しかし、無言で、神妙な表情で篩を振る。

光が篩を置いた。哲治に頭を下げた。

「さあ、みんなで力を合わせて揉みほぐすんだ」

哲治が床揉みの号令を発する。

皆で力を合わせて麹菌が振りかけられた蒸米を揉みほぐし、混ぜ込む。

米の一粒、一粒に麹菌をまとわりつかせるためだ。

室温は三十度程度に保たれているから、汗が噴き出てくる。

誰もが無言で力を込めて蒸米をほぐし、混ぜる。

こんな瞬間を待ち続けていたのだろうか、と光は思った。

津波と原発事故で、何もかもなくしてしまった。何をやろうかと考え、運送業を始めた。ささやかな事業だ。祖先が、海運業から酒造りに転じたと聞いていたので、ある種の先祖返りでもある。

それは孤独を癒やすために始めた仕事だったのだが、孤独は光の心の中にどっかりと居座っていた。

光は大きな責任を感じていたのだ。津波に襲われた時、消防団員だった光は、一人の少女、智花を助けようとした。しかし、叶わなかった。なぜ自分が生き残り、智花が死ななければならなかったのか。そのことばかり考え続けていた。それが理由なのか、人と交わっても楽しいと感じることがなくなった。自分の心が半分死んでいたようだった。何をやっても、心の半分の隙間を埋めることができなかった。

しかし今は死んでいた半分の心に徐々に血が通い、息を吹き返しつつあるのを実感していた。哲治たちとともに、呼吸を合わせ、蒸米を揉み、ほぐす。汗が出る。息が上がる。哲治たちの息遣いが聞こえる。熱い。麴室の温度が、光たちの体温で上がり続けているのだろう。麴菌を振りかけた蒸米にムラを作ってはいけない。ムラができると麴菌が蒸米の中で、十分に生長しない。丁寧に、しっかりと揉みほぐさねばならない。

真由美が苦しそうにしている。慣れない作業で必要以上に力が入っているのだろう。哲治や亀三郎は、ベテランらしくダンスでも踊っているかのように軽快だ。

光はどうか？

光も息が苦しい。久しぶりの重労働だ。しかし、心が弾んでいるため、辛いとは思わない。蒸米に手を差し入れていると、何もかも忘れてしまう。辛かったこと、悲しかったこと……。何もかもが汗と一緒に流れ出す。死んでいた心の半分が、労働の楽しさに満たされていく。

「どうだろうね？　亀三郎さん」

哲治が手を止めた。

亀三郎が、蒸米を手にとる。じっと見つめている。

「いいでしょう。上げましょうか」

亀三郎が同意を求めると、光は頷く。

「ふう」

浩紀が大きく息を吐く。

「なんで、ため息を吐いているんだ。まだ終わってはいないぞ。揉み上げだ」

亀三郎が浩紀に発破《はっぱ》をかける。

麴菌をたっぷりとまとった蒸米を小山のように積み上げる。それが終わると、布をかける。乾燥を防ぎ、温度を保つためだ。

亀三郎が、小山になった蒸米の中に手を入れ、温度を測る。納得したように頷き、改めて温度計も差し入れた。温度計は約三十二度を示していた。

「これでいい」

亀三郎が、温度計を光に見せた。

「とりあえず一日目が終了だな。疲れたかい？」

光は浩紀に尋ねた。

「はい、でもとてもすがすがしい気持ちです」

浩紀は明るく答えた。

「この中で麴菌がお米を食べて増えていくんですね」

真由美の笑顔が弾《はじ》けている。

「麴菌は、一生懸命、お米を食べるというか、分解していく。そのため、どんどん熱が上がっていくんだよ」

哲治が答える。

「ご飯を食べると、僕の体が熱くなるのと同じですね」

浩紀は光を見つめると、

「そうだね。浩紀君は麴菌と同じだな」

光が冗談っぽく答えた。浩紀が照れて顔を赤らめた。

「このまま八時間ほど、ここでゆっくり休ませるんだよ」

「酒造りって、休ませることが多いですね。浸漬もそうでしたし……」

「焦りは禁物ってことだよ。焦ってもいいことは何もない。米も麴菌も皆、生きているからね」

「生き物を相手にしているんですね」

「そうだよ。相手は生き物なんだ。そのお蔭で、私たちが生かされているということじゃないかな」

光は、今、生きているという実感があった。それは生き物を相手にしているからだろう。

「夕方には、この山を切り崩してもう一度ほぐすんだよ」

「温度が上がりすぎないようにするためですね」

「温度が上がりすぎると、麴菌が米の中まで侵入しないで、表面だけで増えることになるからね」

「丁寧に丁寧に扱ってやらないと機嫌が悪くなる、わがままな子どもみたいですね」

浩紀が真顔になった。

「その通りだよ」

光は笑った。

5

翌朝、蒸米を覆った綿布を剝がすと、ごわごわに固まった蒸米の山が現れた。米粒同士がくっついている状態なのだ。このままでは麴菌が蒸米の内部まで侵入できないため、蒸米の山をほぐしていく。これを切り返しという。

「米が白くなっていますね」

蒸米をほぐしながら浩紀が驚く。

「麴菌が繁殖しているんだ。米が熱いだろう」

光は蒸米をほぐす手を止めない。

「はい。一晩経ったら冷たくなっているのかと思ったら、もっと熱くなっているじゃないですか」

「そうなんだ。麴菌が繁殖すると、熱がどんどん高くなる。適切な温度を保ってやらないと、繁殖しなくなる。切り返しをするのはそのためでもあるんだ」

「繊細だなぁ」

浩紀は感に堪えないように呟いた。

切り返しを行った後は、木製の麴箱に小分けする。この作業は盛り、、と言われるが、小分けすることで温度が上がりすぎるのを防ぐのだ。

「これで終わりじゃないですよね」

真由美が、麴箱に小分けされた麴米を見ている。

「まだまだ」

麴箱に亀三郎が温度計を差し込んでいる。

「温度を管理するのですね」

「ああ、麴菌が蒸米を食べるにつれて温度が高くなるって、さっき光さんが言ったけど、放っておくとどんどん高くなって、そうなると麴菌の繁殖が止まって、いい麴にならないんだ」

蒸米の温度が、約三十五度になった。

「さあ、もう一度、蒸米をほぐすんだ。仲仕事だ」

光の指示で、小分けされた麴米を床に戻し、ほぐす。これによって麴菌に酸素を提供し、湿気を逃がし、適切に乾燥させる。

仲仕事を終えると、また麴箱に小分けし、布をかけて麴菌の繁殖を助ける。

「さあ、これで少し休もうか」

十二年振りではあるが、作業の中心は哲治ではなく、明らかに光になっていた。

何年もかかって覚えた仕事は、体が忘れていなかった。作業が進行するにつれて自信が漲《みなぎ》ってくるのがわかる。

午後になった。仲仕事を終えてから七時間が経過した。

光たちは皆、控室から麴室に戻ってきた。

「さあ、仕舞《しまい》仕事にかかりますか」

光の合図で、再び蒸米を床の上でほぐす。これで温度や水分を適切に保つことができる。

「何度も何度もほぐすんですね」

浩紀の額から汗が噴き出ている。

「この手間を惜しんではならないんだよ」

光は手を休めない。

ほぐした蒸米をもう一度麹箱に小分けして入れ、布をかけておく。この中で温度が高まっていくが、約四十度から約四十三度を保つ。

亀三郎は温度計を麹箱に差し込む。もし温度が上がりすぎれば、またほぐすこともある。

「明日の朝まで仕事も蒸米もお休みだ。俺は、一晩中、ここで温度管理をするから、ここに泊まる」

亀三郎が言った。

「僕も一緒に泊まらせてください」

浩紀が言うと、

「私も」と、真由美が手を挙げた。

「いいのかい？　眠いぞ」

「大丈夫です。頬をつねって頑張ります」

浩紀と真由美が同時に頭を下げた。

光は、哲治と顔を見合わせた。そして微笑を浮かべた。光は、哲治が自分と同じことを考えていると思った。笑みがその証拠だ。それは浩紀と真由美の成長ということだ。特に、後継者として真由美の成長は哲治にとって嬉しいに違いない。

二人とも、本格的な酒造りは初めてである。緊張し、戸惑いもあるだろう。光たちの指示に従うだけでは、仕事の面白さはわからないかもしれない。

しかし日々成長し、逞しくなっているのは間違いない。目の輝きが違う。徐々に自信に満ちてきている。酒造りは、人造りでもあるのだ。水と米を発酵させることで造られる酒は、一瞬で気を抜くことができない。怠《なま》け心を出したり、手抜きをすれば、間違いなく結果に反映する。酒は、造り手の思い、気合い、熱意などで味が変わってしまうのだ。この緊張感が浩紀や真由美を育てている。

真由美が、小鼻をひくひくさせている。

「いい香りだろう」

光が聞いた。

「はい。茹《ゆ》で栗のような香りがします。甘いです」

「麹が完成に近づいた証拠だ。明日になればもっと甘くて香ばしい香りがするから、楽しみにしたらいい」

「この香りに包まれたら、今夜は熟睡してしまいそうです」

真由美が微笑んだ。

「ほんとだよ。お菓子の夢を見てしまうかもしれないなあ」

浩紀も思い切り鼻から息を吸い。香りを楽しんでいる。

「ゆっくりとお休みと言いたいところだがね」光は、浩紀と真由美を見つめた。「いい麹ができるかどうかで、酒の出来が大きく左右されるんだ。亀三郎さんに協力して、しっかり管理してくれよ」

光が強く言い込んだ。

「はい」

浩紀と真由美が声を合わせて返事をした。

二人の気持ちの高ぶりが、光にも伝わってくる。

「さあ、明日はいよいよ酛造りだぞ。今までが料理で言えば下ごしらえなら、これからが調理の本番だ。心してかかろうじゃないか。何せ十二年振りの『福の壽』の復活だからな」

哲治の口調は、まるで鬨《とき》の声のようだ。

明日は酛、すなわち酒母造りだ。光は、思わず武者震いをした。

第八章

絆の酒

1

「お父さん、若返ったわ」

光を応援に来た妻の咲子の声が、まるで少女のように弾んでいる。

「ほんと、そう思う」

娘の凪子と陽子が声を揃えた。凪子は、光に顔を近づけ、しげしげと見つめた。

「おいおい、あまり冷やかすなよ」

光は照れくさそうに苦笑した。

「でも変わったわ」

咲子が、大きく頷く。

「そうかなぁ」

光は、顔を撫でた。

「お酒を造っているからね」

凪子が納得したように頷く。

「そうね。やっぱりあなたにはお酒造りが必要だったのね」

咲子が同調した。

「皆さん、お揃いですね」

浩紀が笑顔で近づいてきた。

「お元気でしたか？」

凪子が笑顔を浩紀に向けた。

「元気です。矢吹さんにご指導いただいています」

「指導なんてしてないさ」

「いえ、十分に酒造りの奥深さを教えてもらっています」

「高城さんも、なんだか輝いてる」

陽子が驚いている。

「そうかなぁ。嬉しいな」

浩紀が笑顔を弾けさせた。

「何かを造るというのは、人を元気にさせるんだね」

陽子が呟いた。

「私もお酒造りをしようかな」

凪子が、浩紀を見つめている。

「あっ、お姉ちゃん、高城さんと一緒にお酒造るつもりなの？」

陽子が、凪子を指さした。

凪子は、頬を赤く染めて「何を、馬鹿なこと言ってるの」と拳を振り上げた。

「賑やかですね」

ゆっくりと歩いて光たちに近づいてきたのは、國誉酒造の慎一だ。

その隣には、鈴村孝平もいる。

「田村さん、それに鈴村さんまで」

光は、飛び上がりたいほど嬉しくなった。

「どうですか？　上手くいっていますか。うちの山﨑はよくやっていますか？」

山﨑とは、杜氏の亀三郎だ。

「ええ、もちろんですとも。とても頼りになっています」光は言い、「今、みんな呼びます」と蔵の方に振り向いた。

呼ぶまでもなかった。哲治も亀三郎も、真由美も、全員がこちらに向かって歩いていた。

「皆さんの顔色を見ればわかります。上手くいっていますね」

孝平が言った。

「きわめて順調です」

哲治が答えた。

「そりゃよかった。気になって田村さんと一緒に行ってみようという話になってね」

「ありがとうございます」

光は頭を下げた。

「いよいよ酛造りですね」

「はい。鈴村さんや吉岡さんにお世話になった酵母が働きます」

「楽しみです」

「はい。これから気を引き締めます」

「十二年振りの酒造りはいかがですか？」

「身が引き締まる思いです」

光は、姿勢を正した。

「なんだか表情に張りが出ているね」

慎一が光をまじまじと見つめている。

「そうですか？」

光は照れた。

「ようやく自分が歩む道を見つけたってことかな」

「そうかもしれません。随分、回り道をしてきましたが……」

「人生に無駄な時間なんてないさ。今までが熟成の時間だと思えばいい。機が熟した今なら、最高の酒を造れるんじゃないか」

「がんばります」

「あまり気負わないようにね。それじゃあ、俺たちも負けない酒を造るから」

慎一は光の手を取った。その手は温かく、また力強かった。

「高城君」

孝平が声をかけた。

「はい、なんでしょうか？　先生」

浩紀は、突然、孝平に声をかけられて驚いた。

「君の先輩の柏木君も頑張っているよ」

「先輩は井口酒造所の共同経営者になったのでしたね」

「そうなんだよ。井口さんは、『磐梯栄』という旨い酒を造っておられたのだけど、高齢と後継者がいないことを理由に廃業を決意されていたんだ。だけど、柏木君が一緒にやりたいと言ってくれたんだ。本当に嬉しいことだ」

「柏木さん、コンビニの権利を売って酒造りをするって……。僕の影響かな」

浩紀が得意そうな顔になった。

「高城さんも突然、お父さんに弟子入り志願したんだものね。類は友を呼ぶってことじゃないですか」

凪子が高城を嬉しそうに見つめている。

「こんな類なら大歓迎だよ」

孝平が笑った。

「若い人が、酒造りに取り組んでくれれば福島の酒は安泰《あんたい》だ。なあ、矢吹さん」

慎一が同意を求めた。

「おっしゃる通りだと思います。私も新人のつもりで取り組みます」

光が答えた。

「あなた、これから何日も泊まり込みでしょう？　体に気をつけてね」

咲子は、重そうに抱えていた保温鍋を差し出した。

「これは？」

光の目が輝いている。

「鮭鍋《さけなべ》を作ってきたの。皆さんで食べてください」

鮭鍋は、荒波町の冬の郷土料理だ。

荒波町では海に流れ込む川に毎年鮭が遡上《そじょう》してくる。その鮭をメインに、サトイモや白菜、ネギなど大量の野菜と一緒に、鮭の骨や昆布から取った出汁《だし》で作る鍋だ。味噌味だが、鮭の旨味がたっぷり出ていて、体の芯から温まる。

しかし、震災以降、鮭漁のヤナ場などが使えなくなり、漁は中断している。残念だが鮭鍋の鮭は地元の鮭ではないだろう。

津波と原発事故で、多くの人の生活が以前とは変わってしまった。鮭漁もその一つだ。それらを時間がかかろうとも元通りにするのがいいのか、それとも全く違う新しい生活を始めた方がいいのか、まだ答えは出ていない。

光は、答えを探して十二年もの時を過ごしてしまった。しかし今、答えを見つけようとしている。それは以前の仕事である酒造りだ。元の生活を取り戻しつつあるのか、それとも同じ酒造りであっても、全く以前とは違うものになるのか、その答えなど求めなくてもいいのかもしれない。

これだけ多くの人と結びつき、絆《きずな》を強め、背中を押してもらっていることに喜びを感じよう。

それだけでいい。

「ありがとう。みんなでいただくよ」

光は、保温鍋を抱え、咲子を見つめた。

いつかきっと荒波町で獲《と》れた鮭で作った鮭鍋を、皆で囲んで、「福の壽」を酌み交わせる日が来るはずだ。その日を楽しみに待つことにしよう。

2

蔵には、小さめの桶が五つ並んでいる。そこに蒸米、麴、酵母を加える。桶の中を櫂棒で米を押し潰しながら丁寧に混ぜていく。

一つの桶は光と浩紀が、もう一つの桶は哲治と真由美が担当する。亀三郎は、交替要員として待機している。

「声と気を合わせるんだ」

光は浩紀に声をかける。

この作業で、酛という酒の元となる酒母を作るのだ。

酛摺《す》りと言われる作業で、蒸米の山を崩していくため、別名を山卸という。これをしないのが山廃である。

「はい」

浩紀は、額に汗を光らせながら櫂棒を動かす。

酛摺り歌を歌って櫂棒の調子を合わせた時もあるのだが、今は、「いち、に」と掛け声だけである。

五つの小さな桶の中の米を、五人で手分けして順番に擂り潰す。

この作業は、経験が必要とされるが、浩紀は、光の様子を見ながら、必死に櫂棒を動かしている。

「擂り潰すことでこの蔵に漂っている微生物を取り込んで、自然の力で乳酸菌を作るんだ。乳酸菌は、この中の雑菌を殺してくれる」

「醸造用の乳酸を加えるのを速醸酛と言うんでしたね」

「よく勉強しているじゃないか」

「こうやって櫂棒を使って擂り潰しながら、自然の乳酸菌を作るのが生酛でしたね」

「その通り。今、やっているのは生酛造りの作業だ。生酛は時間がかかるんだ。ひと月ほど何度もこの山卸をしなくてはならない」

「ひと月ですか?」

「ああ、これからが本番だ。今、始まったばかりだよ。速醸酛なら二週間ほどでいいと言われる。今や、ほとんどの蔵が速醸酛になっている。生酛で酒造りをするところは少ない」

「ではどうして今回は生酛造りにしたんですか?」

「速醸酛でも十分に旨い酒を造ることができるけど、『福の壽』は、ずっと生酛造りでやってきたからね」

「結構辛いですね」

「ああ、この作業は一番辛いかな。以前は、歌を歌って作業をしていたこともあるんだ」

——荒酛はヤラヨーイ楽だと見せて楽じゃない。何仕事ヤラヨーイ仕事に楽はありゃしない　ヨイサニソーリャ　サノナーヨーイ……。

光は、昔、一緒に働いていた南部杜氏が歌っていた酛造りの歌を思い出していた。

今では歌うところも稀《まれ》だ。

「これから一か月ほどかかるんですね」

浩紀は、櫂棒を動かし続けている。表情が辛そうに歪んでいる。

「そうだよ。がんばろう」

光は浩紀を励ましながら、真由美と父親の哲治が櫂棒を動かしているのを見ていた。二人も必死に櫂棒を動かしている。

それぞれが一つの桶をかき混ぜると、次の桶に移る。こうして桶の中の蒸米が、どろどろに溶けていく。これが酛になる。

蔵の空気中に漂う乳酸菌を取り込み、雑菌を殺しながら、酵母を作っていく。この作業が続く。蒸米がどろどろに溶ければ、小さな桶から大きめの桶に替え、そこにまた水、蒸米、麹を加えて、また櫂棒でかき混ぜて擂り潰す。

これを繰り返す。一挙に大きな桶にしてしまうと、乳酸菌の働きが間に合わず雑菌が繁殖してしまう。それを防ぎながら「醪」を作っていく。これが仕込みと言われる過程である。

この過程が最も気を遣う。もちろん、他の過程も気を抜けないことにおいては同列だが、特にこの仕込みの過程は、酒造りのゴールに向かう胸突き八丁である。

仕込み作業は、四日かけて行われる。一日目を初添、二日目を踊り、三日目を仲添、四日目を留添という。

踊りだけは、何もせずに酵母を休ませるのだが、後は酒母を大きな樽に移し、二倍、三倍と、蒸米、麹、米、水を加えていく。

その間、櫂棒でかき混ぜ、擂り潰し、米の形がなくなるまで溶かしていく。これが醪である。

その様子を慎重に光は見つめる。酵母が順調に育っているかを見極めるのだ。

約一か月かけて、酵母は麹が米から作った糖をアルコールに変えていく。

浩紀が醪の入った大きな樽を覗き込んでいる。

「ここで酒が生まれているんですね」

「そうだよ」

光が答える。ようやくここまで来た。

これからは今まで以上に醪の温度管理をして、酵母の働きを助け、発酵を促進していくのだ。

「ここからは、さらに気が抜けませんね」

真由美は、東京での仕事を辞め、父、哲治の下で酒造りを始める決心をしたのだが、実際に酒を造るのは今回が初めてだ。樽の中の白くどろどろとした醪を真剣な表情で見つめている。

「この中で酵母が糖をアルコールに変えているんだよ」

亀三郎が真由美に語りかけた。

「酒の甘みは糖分だからね。それをどれくらい残すかが酒の味を決めるのに大事なんだ」

哲治は、真由美を愛《いと》おしげに見つめた。真由美は、哲治が後継者として頼りにしている娘である。彼女が酒造りに魅了されつつあるのが、嬉しくてたまらないのだ。

「……ということは酵母の働きを促進すればするほど、糖が少なくなり甘くない、すなわち辛口になるってことですか？」

醪を見つめていた浩紀が、光に振り向いた。

「それじゃあ、逆に酒母などを少なくして酵母の働きを抑えれば、醪の中の糖分が残って甘口になるってことなのかなぁ」

真由美が独《ひと》り言《ご》ちた。

「その通りだよ」

光が答える。

「酒母の量などをコントロールするのも大事なのだが、これからひと月ほどは、醪をかき混ぜながら行う温度管理が一番大切になる」

亀三郎が真剣な顔つきになる。

「これまでの仕込みの段階でも、温度は重要でしたね。亀三郎さんが、温度計でずっと計測されていました。私は、これまでの仕込みで、それほど温度管理を考えていませんでした。すみません」

浩紀は情けない顔をした。

「日本酒は寒い時季に作られるだろう。それは温度管理をして酵母が働きすぎないようにするためなんだ。だから、ここでは十三度くらいに保つようにしていたんだよ」

「酵母は、糖をアルコールに変える時、熱を発するんだ。するとたちまち二十度以上になってしまうから、注意が必要なんだ。発酵が進みすぎると、糖分のない、なんと言ったらいいかな？」

光は眉根を寄せて、哲治を見た。「どうですか？　星野さん」

「そうですね。締まりのない酒になりますね。そんな酒は造ったことがないですがね」

「ははは」哲治の言葉に、亀三郎が笑った。「それじゃあ酒にならないですね」

「さて、そろそろ疲れてきたんじゃないか」

光が浩紀に聞いた。

「大丈夫です」

浩紀は胸を張った。

「真由美さんは？」

「大丈夫です」

「二人ともよく頑張っているから眠いだろう？」

三段仕込みの間中、櫂棒を動かし続けていたから、浩紀も真由美も腕が、まさに棒のようになっているはずだ。疲労もかなり蓄積されているだろう。

「私より、亀三郎さんや矢吹さんの方がお疲れでしょう。気になって夜、起きて、ここに来たら、亀三郎さんが温度計を持って樽の前に立っておられましたから」

浩紀は昨夜のことを思い出していた。樽を見つめる亀三郎の姿に感動したのだ。

樽の中に醪がたっぷりと入っている。亀三郎は、夜中もその温度を計測し、温度が上がりすぎれば、注意深く冷やしていた。

冷やすには、暖気樽《だきだる》に冷水を入れて醪の中に沈める。

この暖気樽は、ステンレス製で湯たんぽのようにお湯を入れ醪の温度を上げる時も使用するが、冷やす時にも使うのだ。

「見ていたのか」

亀三郎は驚きを顔に表した。

「お手伝いしようと思いましたが、非常に厳しい顔をされておられたので、声をかけるのがはばかられました。正直、感動しました」

「照れ臭いことを言わないでくれよ。私の仕事だからね。三段仕込みの間は、醪の温度を十度くらいに保っていなければならないからね」

「酒造りは、寝ずの番さ」

光が当然だという表情をした。

「矢吹さんも起きておられたのですか」

真由美が驚いた。

「亀三郎さんと交替でね。温度が上がりすぎれば櫂棒でかき混ぜたり、暖気樽で冷やしたり……。この段階では温度を上げすぎない方が、雑菌も増えないし、酵母もよく働くようになるんだ。酵母は二十度から二十五度で一番働くんだけど、それでは糖が残らない。だから少し厳しい環境にしてやるんだ。そうすると米の旨味や香気を出すように働いてくれるんだよ」

申し訳なさそうに、「お二人が働いている時、ぐっすり眠っていました」と真由美は眉根を寄せた。

「これからが長丁場だ。焦らなくても、十分に働いてもらうことになるからな」

哲治が、にやりと口角を引き上げた。

「これから醪が発酵し続ける三十日間ほど、温度管理を徹底しながら寝ずの番となる。そのために二人には、眠ってもらっていたのだよ」

光が悪戯《いたずら》っぽい顔をした。

「えっ」

浩紀が目を瞠った。

「嫌なのかい？」

「いえ、そんなことはありません。頑張ります。絶対に」

浩紀が拳を握りしめた。

「私も」

真由美が大きく頷いた。

「期待していますよ」

光は笑みを浮かべた。

3

何も耳に入ってこない。階段教室の最上段、すなわち教室の最後尾の席に浩紀は座っていた。

国際政治学の授業だ。教授は、何年も前に自分が書いた教科書をテキストにして、うつむいたままそれを棒読みする。

まるで読経《どきょう》を聞いているようだ。抑揚のない教授の語り口は、いやでも眠気を誘ってくる。

今、世界は動揺の中にある、民主主義国家のリーダーであるはずのアメリカでは分断が進んでいる。富裕層と貧困層、黒人やヒスパニックと貧しい白人、ニューヨークなど大都会とアリゾナなどの昔ながらの開拓者精神が息づく州など、分裂は複雑怪奇で、政治も混乱している。

欧州では、ロシアがウクライナを侵略して、その戦争が未だに終わらない。

そしてイスラエルのガザ侵攻が始まり、中東には不安定さが増している。

こんな大変な時代に、何年も前に書いた本を棒読みするだけの授業になんの意味があるのだろうか。まさか、教授は自分の本を読めば、現在の国際情勢が瞬く間に理解できるとでも思っているのか。

「おい、浩紀、客だぞ」

「あっ、店長」

目の前にコンビニ店長の柏木雄介がいる。

あれ？　大学で授業を受けていたはずなのになぜコンビニにいるんだ？

「客だ、客が来たぞ」

「はい！」

「ぐずぐずするな」

久しぶりの客に雄介が興奮している。コロナで全く客が来なかったからだ。

「はい」

浩紀は、レジに向かう。

客はビールを買った。

「年齢確認をお願いします」

浩紀は、型通りに言った。

客が睨んだ。

「お前、馬鹿にしてんのか。俺が二十歳未満に見えるか」

客は大柄な建設労働者風だ。どう見ても四十歳以上だろう。

「えっ」

浩紀は言葉に詰まった。

「年齢確認なんてマニュアル通りに言いやがって、俺を見りゃわかるだろう。酒が買える年齢だってことが……」

「いや、あのぅ、でも規則なんです」

「規則？　お前には自分の目で見ていることが信じられないのか？　俺が幾つに見える？」

男は本気で怒っている。

「そりゃ、申し訳ありませんが、四十歳以上かと」

「そうだよ。それならお前の目を信じればいい。その通りだ。俺は四十五歳だ」

「でも、年齢確認をしていただかないと……」

浩紀は泣きたいほど、困惑していた。

「馬鹿野郎！　お前、しっかり仕事をしているのか」

目の前にいるのは父だ。

「どうしてここに？」

浩紀は、先ほどまでいた建設労働者風の男をきょろきょろと探した。

父は、米沢で居酒屋を経営しているはずだが……。

「どうしてもこうしてもない。お前が心配でやってきたんだ」

「心配？　なんとかやっているよ」

浩紀は父の剣幕に圧されるように言った。

「しっかりしろ。今、酒を造っているって聞いたが、どうなんだ」

「造っているよ」

「飲ませてくれるか」

「ああ、飲ませてあげるから」

浩紀が答えた。

「ありがとう」

頬に冷たいものが落ちた。父の涙だった。

「冷たい……」

浩紀の目が開いた。

「夢か……」

蔵の天井から雫《しずく》が落ち、浩紀の頬に当たったのだ。

——寝てしまったか……。

まだ眠気が残り、頭がぼんやりしている。浩紀は、今、自分がどこにいて、何をしているのか、はっきりと理解できていなかった。

「あっ！」

蔵の中が暖かい。酒造りの蔵は、身を切られるほど寒く、冷たい。酵母が働きすぎないようにするためだ。寒造りと言われ、厳格な温度管理の下で酒は造られていく。

浩紀は、ようやく自分が何をしたか、理解した。

醪の発酵にはおよそ三十日間をかける。その間、樽の中の泡の様子を見ながら櫂棒でかき混ぜ、発酵を調整していく。

その際、最も重要なのは温度管理だ。およそ十三度から十五度以内に保ち続ける。

一時間ごとに温度を計り、温度が上がりすぎれば暖気樽に冷水を入れ、冷やす。下がりすぎれば同じく暖気樽に湯を入れ、温める。まるで幼子をいつくしむようにして酵母に最高の働きを促すのだ。このように丁寧に扱うことで香気溢れる酒ができる。この手間をおろそかにしたら、旨い酒はできない。

しかし長丁場である。この間は交替で醪管理をすることになった。

浩紀は、光や亀三郎の指導を受けながら、ようやく一人で管理することを任されたのだ。

醪管理が始まって二十五日目だ。泡の状態も落ち着いてきて発酵がかなり進んできたことが、浩紀にも理解できた。

もうすぐ初めて造った酒が飲める……。光にとっては十二年振りだが、浩紀にとっては生まれて初めて造る酒だ。

夢に見ていたが、大学の階段教室で、自分が進むべき道を見失って絶望感にさいなまれている時に、見つけた酒造りの道だ。この道を歩もうと覚悟を決めた。決定的になったのは、光が出演していたテレビのニュース映像だった。そして不躾《ぶしつけ》にも光に弟子入りを頼んだ。

そして今……。もうすぐ新酒が飲めるところまで来た。ここからが胸突き八丁だ。夢の中で、父が怒鳴ったのは、気の緩みを叱っていたのだ。

浩紀は時計を見た。朝の四時を過ぎている。いったいいつから寝てしまったのか。記憶はない。昨夜の真夜中に醪をチェックしたのは、記憶している。手元にある記録帳にも十二時きっかりにチェックし、二つの醪の温度が十三度であると記入している。

「四時間も眠ったのか」

浩紀の心臓は、激しく鼓動している。ようやく事態を理解した。醪の温度が上がっていたらどうしようか。発酵が進めば醪の温度は十五度以上になってしまう。二十五度以上にもなることがあるという。

「あああ、どうしよう」

浩紀は、すぐに醪の温度を測った。

無情にも温度計は二十度を示した。浩紀は、頭の上から冷水を浴びせられたような、震えるほどの恐怖を覚えた。

十五度以内に抑えねばならない。それが五度も超過している。いったい何時間、このような状態になっていたのか。

「ああ、どうしよう」

パニックというのはこんな状態のことだ。頭の中が真っ白になった。考えがまとまらない。すぐに暖気樽に冷水を入れ、醪を冷やさねばならない。そこまでは考えが及んだ。しかしこんな状態で、いったいどの程度の暖気樽を入れたらいいのかわからない。

何より、自分の居眠りが原因で招いてしまったこの事態を、光たちに報告すべきか否か。

黙っていればわからないのではないか。このまま暖気樽をいくつか入れて急冷したらどうか？

否、そんなことをして酵母に悪影響はないのか。

しかし「居眠りしました」と報告したら、光たちはどれだけ怒ることか。怒髪天《どはつてん》をつくに違いない。もう少し発酵を進めれば酒を搾ることができるのに、大失敗だ。

浩紀は考えた。黙ってこの事態を凌《しの》ぐべきか。それとも正直に報告して、叱られようとも事態の改善を図るべきか。

ものすごく長い時間が経過したように感じた。しかしほんの数十秒だったことだろう。

浩紀は、唇を引き締め、大きく頷くと、光たちが眠っている事務所の方へ駆け出した。

「大変です！」

浩紀は、事務所のドアを開けた途端に、大声で叫んだ。

事務所の灯《あか》りがつき、たちまち室内を明るく照らした。

4

「すみません、すみません」

浩紀は、光たちに頭を下げ続けた。

光も、亀三郎も、哲治も、そして真由美も無言だ。

亀三郎が、樽内の温度を計り、眉根を寄せ、「うーん」と唸《うな》った。言葉はそれだけだった。

亀三郎の発した唸り声を合図に光と哲治が、暖気樽に冷水を入れ、醪の中に入れた。

一つの樽に二つずつ入れた。暖気樽の重さは、冷水を入れると三十キロ以上になる。それを光と哲治が、亀三郎の指示に従って、醪の中に沈めた。

亀三郎は、難しい表情で温度を計り続けている。

真由美は、その様子をじっと見つめている。

「どうしよう？　大丈夫かな」

浩紀は、じっとしていられず真由美に声をかけた。

「高城君、黙っていなさい。慌てても仕方がないでしょう」

真由美は浩紀を睨むように見つめ、厳しい口調で叱った。

「すみません」

浩紀は首をすくめて頭を下げた。

醪の温度が上がると、酵母が働きすぎる。酵母は二十五度以上で最高に働く。しかし酵母が糖を食べすぎて酒の香味が薄くなり、甘み、旨味がなくなってしまうのだ。最悪は、雑菌が繁殖して、雑味が出るリスクが高くなる。

亀三郎は、樽の中の醪を、わずかばかり柄杓《ひしゃく》ですくい、大きめの盃《さかずき》に取ると口に含んだ。

光が「どうですか？」と亀三郎に聞いた。

哲治が不安そうに亀三郎を見つめている。

「ああ、なんとかなりました」

亀三郎は、盃を指で拭うと、安堵した表情で答えた。

「よかった」

光が笑みを浮かべた。

「どうなるかと思ったよ」

哲治も安堵の表情を浮かべた。

「大丈夫だったのですか？」

浩紀は亀三郎のもとに駆けつけた。

「大丈夫だよ。発酵が異常に進んでいたりはしない」

亀三郎が苦い表情を浮かべた。

「よかった……」

浩紀は、胸を撫で下ろした。

「助かったね」

真由美が笑みを浮かべた。

「本当にすみません」

浩紀は、深く頭を下げた。

「居眠りはダメだぞ。緊張感をもってやらねばならないぞ。今回の酒は、いつものとは違うんだぞ。矢吹さんの復活がかかっているんだ。うちの蔵の復活もな」

哲治の表情が険しい。

「すみません。本当にすみません」

浩紀は泣きたいほど気分が落ち込んだ。

「まあ、なんとか無事でよかったじゃないか」

光が慰めた。

「もう一度居眠りをしたら、承知しないぞ」

亀三郎が拳で浩紀の頭を軽く叩いた。

「私、今回の責任を取って蔵を辞めます」浩紀は言い、「本当にご迷惑をおかけしました」と腰が折れるかと思う程、頭を下げた。

「なに、馬鹿なことを言っているの」

真由美が怒った。

「でも、こんなに皆さんに迷惑をかけてしまったので……」

「高城君、何、甘えてるの。同情してもらいたいの」

「いえ、そんなことはありません。本当に責任を感じたので……」

浩紀は、真由美の剣幕にたじろいだ。

「誰も、高城君に責任を取れなんて言っていないでしょう。それで辞めるなんて、それは逆に傲《ごう》慢《まん》よ」

「でも……気を緩めてしまうなんて、私、失格です」

浩紀は再び頭を下げた。

「高城君、大事には至らなかったのだから、居眠りしたことは水に流そうじゃないか。またしっかりやればいい」

光が優しく浩紀の肩に手を当てた。

「そうだよ。誰にでも失敗はある。これからの反省材料にすればいい」

哲治も浩紀を諭した。

「俺はあえて優しいことは言わないが、自分の責任はしっかりと果たせよ。今回、褒めてやるのは、すぐに事態を我々に報告したことだ。だから最悪には至らなかった。でも微妙に酒の味が変わったかもしれない。もちろん、不味い方向へだ。酒造りは、それができあがるまで、絶対に気を抜いちゃいけない。わかったな」

亀三郎は険しい視線を浩紀に向けた。

「本当に申し訳ありません」浩紀は頭を深く下げた。そして再び顔を上げ、「少し考える時間をください。お願いします」と真剣な表情で言った。

「それはいいけど、どうするつもりなんだ？」

光は首を傾げた。

「私、皆さんが私の後始末をされるのを見ていて、あらためて自分の甘さに気づきました。根性を叩き直してきます。そのための時間をください」

「わかった。気が済むようにしたらいい」

「さっきは厳しいことを言ったけど、戻ってくるんでしょう？」

真由美が、心配そうな顔を浩紀に向けた。

「厳しいことを言っていただいてよかったです。ありがとうございました」

浩紀は、踵《きびす》を返すと、蔵を後にした。背中に、光たちの視線を痛いほど感じていた。

浩紀は、米沢にいる父に会いに行こうと考えていた。

父に夢で叱られたからだ。それにあの涙、実際は天井からの雫で眠りから起こされたからだ。もしあの時点で起きていなかったら、もっと長く眠っていただろう。

おそらく早朝に、蔵に入ってきた光たちに叩き起こされ、最悪の事態になっていただろう。

酒造りをやると言い、A大を休学したが、そのことを父に事後連絡しただけだった。父は、驚いたが、何も言わなかった。そのことがかえって負担になっていた。

だから父が夢に現れたのだろう。今回の失敗で、浩紀は自分の甘さを自覚した。光たちは命懸けで酒造りに向かっている。もし、本気で酒造りをするなら、浩紀も命を懸けなければならない。そのためには、父と会って、自分の決意を話さねばならないと思ったのだ。もし、父を前にして決意がぐらつくようなら、酒造りは諦めた方がいい。

5

「高城君、戻ってくるかなぁ」

真由美が独り言のように言った。

「きっと戻ってくる」

哲治は強い口調で言い、グラスに溢れんばかりに注いだ酒を呷《あお》った。

「でも少し時間をくださいって出ていってから、二日経ったけど」

「大丈夫ですよ」

亀三郎も哲治につき合って酒を飲んでいる。

真由美は、事務所のストーブの前に置いた椅子に座り、茶を飲んでいた。

酒造りの間は、自宅ではなく全員が事務所に寝泊まりしていた。

「きついこと、言ったからかな」

真由美は苦渋を顔に滲ませた。

「そんなことを気にしているのか？　あの程度で傷つく男じゃないと思うけどな」

そう言いながらも、哲治の表情は重く暗い。

「でも、案外、繊細かも。よほど、居眠りが応えたのよね」

「あいつが矢吹さんを酒造りに再度挑戦しようという気にさせたと言っても言いすぎじゃない。だからちゃんと戻ってくる」

哲治は、再びコップに酒を注いだ。

「もう、明日は搾りにかかるのにね。早く帰ってこないかな。矢吹さんも心配しているのに」

真由美は悲しそうに呟いた。

今夜の醪の当番は光だ。醪の発酵は、最終段階だ。発酵が進み、醪の表面の泡は非常にきめ細かくなり、まるで絹布を敷き詰めたようになる。醪に暖気樽を沈め、醪の温度を下げることで発酵を抑えるのだ。

光は、樽を覗き込んでいた。

樽の中の醪は、静かに眠っている。ようやくここまで来たという深い満足感があった。

津波に全てをさらわれ、酒造りを諦めていた。しかし十二年を経て、多くの人に背中を押され、酒造りを再開した。この樽の中で、搾りを待っている酒がどんな味になっているか、楽しみだ。昔と同じ味、同じ香りだろうか。そうは言うものの、光が昔の酒の味、香りを覚えているのだろうか。その方が心配だ。

「うん？」

蔵の入り口で物音が聞こえた。光は、音の方向に視線を向けた。蔵の中は、薄暗い。醪の酵母を休ませるためだ。

「誰かいるのか？」

光が警戒し、声を発した。

「帰ってきました」

暗がりの中の人影が答えた。

「高城君か？　そうなのか？」

「はい。ご迷惑をおかけしました」

「おお、よく帰ってきた。ちょっと心配したけどな」

光は、梯子《はしご》を伝って樽から降りると、暗がりの中に立つ浩紀に近づいた。

「よく帰ってきたね。たった二日だけど、私にはずいぶん長く感じられたよ」

光は、薄明りに照らされている浩紀を見つめた。

浩紀の目には涙が滲んでいた。嬉しいのか、悲しいのか複雑な顔をしている。

「事務所の中にみんないる。帰ってきたと報告したのか」

「まだです」

「みんな心配していたんだ。気持ちは落ち着いたかい」

光は穏やかに聞いた。

「お蔭様で……」

浩紀は頭を下げた。

「みんなに知らせよう。早く安心させないとな。明日はいよいよ搾りだよ」

光は事務所に行こうとした。

「待ってください」

「どうしたの?」

「みんなに会う前に、矢吹さんにお話ししておこうと思います」

「大切なこと?」

「はい、私にとってはとても大切なことです」

浩紀は、まっすぐに光を見つめている。

「では聞こうか」

光も浩紀を見つめた。

「私、大学を辞めてきました」

浩紀が姿勢を正した。

「えっ、本当か?」

光は驚いた。浩紀は、都内の有名大学A大生である。A大は、多くの若者が憧れる大学だ。娘の凪子も、とても合格は無理だと言いながらもA大を受験するつもりでいる。

「本当です。私には甘えがありました。あの居眠りは甘えの結果です。矢吹さんの映像を見て、弟子入りを志願して、ここにやってきましたが、どこかに逃げ道を作っていました。酒造りが駄目なら、大学に戻ればいいと……」

「当然だと思う。人間はどこかに逃げ道がなければ、息が詰まってしまうからね。もったいないなぁ。本当にいいのかい」

「矢吹さんのおっしゃることはよくわかります。しかし、今の私には逃げ道を閉ざすことが重要だと思ったのです。背水の陣です」

「ご両親に相談したのか。きっと反対されただろう」

せっかくA大に入学できたのに、退学するなんて両親が賛成するわけがない。

浩紀は、黙って、首を左右に振った。

「ご両親は反対しなかったというのかい？」

「実は、ここを出て、まず父に会いに行きました」浩紀は、夢の話をした。夢で父に叱られたことだ。「父には、酒造りのことを詳しく話していませんでした。父は、津波と原発事故で、荒波町を離れ、米沢で居酒屋を経営しています。経営は順調で、もう荒波町に戻ることはないと話していました」

「それでお父さんは、なんとおっしゃったんだ？」

光は、浩紀の決断に彼の父がどのように反応したのか、詳しく知りたいと思った。

「私は、矢吹さんとの出会いを詳しく話しました。酒造りの素晴らしさも……。そして今回の居眠りのことに話が及んだ時、父は、『しっかり仕事をしろ！』と私を叱ったのです。父は言いました。お前が、この人についていきたいと本気で思ったのなら、とことんついていくんだ。その人のために死んでもいいと思うくらいにな。『士は己《おのれ》を知る者のために死す』なんて諺まで持ち出してきて……」

浩紀は、ふっと笑みを洩らした。

「そこまでおっしゃったのか」

光は、大きな責任を感じた。

「その時、逃げ道を塞ごうと決意しました。それで大学に連絡して退学届を提出しました。私は、矢吹さんと一緒に酒造りに不退転の決意で取り組みます。父もそれがいい、若い頃は、やりたいことをやれと言ってくれました。大学なんか行きたくなった時に行けばいい。父は『人生は何が起きるかわからない。とにかく後悔しないことだ』と言いました。荒波町で運送会社に勤めていて、今は米沢で居酒屋経営なんて人生を、想像すらしていなかったからです。原発事故に翻弄されたとも言えますが、全てを受け入れ、自分の道を切り開いていこうとしています。私も、父に倣おうと思います」

「お母様はどうおっしゃったの？」

光は聞いた。浩紀の人生を引き受ける責任を負うことになる重大さの前にたじろぎそうになるのを必死に堪《こら》えた。

「母は、正直、少し残念そうでした。私には普通に大学を卒業して、普通に会社員になってほしいと思っていたようです。でも『逞しくなったね』と言ってくれました。実は、母はお酒が強いので『お前が造った美味しい酒を飲ませておくれよ』と言ってくれました」浩紀は、うっすらと笑みを浮かべると、「よろしくお願いします。矢吹酒造所の再建を一緒にやらせてください」と深く頭を下げた。

光は、多少困惑した表情を浮かべた。なぜなら浩紀の人生を丸ごと引き受けなければならないことになったからだ。

「高城君……」

「はい」

浩紀は興奮気味に目を輝かせている。

「私は、まだ蔵を持っていない。今回の酒造りも、星野さんの蔵を貸してもらったんだ。まだ矢吹酒造所の影も形もない……」

「そんなこと百も承知です。でもきっと荒波町で復活できます。私は信じています。そのために矢吹さんについていきたいんです」

「君は、私にも背水の陣を布《し》けと迫っているのですか？」

「そうかもしれません。荒波町の本当の復活は、荒波町に矢吹酒造所が再建され、『福の壽』がいつでも飲めるようになることです。父が、私に命を懸けろと言ったのは、父自身の後悔でしょう」

「どういう意味かな」

「父が荒波町に戻れないからです。それは父の胸に刺さった鋭い棘《とげ》なんです。だから息子の私にその棘を抜いてほしいのです」

「お父さんの棘を抜くために、矢吹酒造所を荒波町に復活させるのか？」

光は、浩紀の考えを確かめるように聞いた。

「はい。矢吹さん、再度お願いします。未熟者ですが、弟子にしてください。そして矢吹酒造所の復活を手伝わせてください」

浩紀は深々と頭を下げた。

「どうしたの」

蔵の入り口に真由美が顔を出した。浩紀を見つけて「帰ってきたんだ」と声を上げた。

「ただいま」

浩紀は、照れ臭そうに顔を歪めた。

「お父さん、亀三郎さん、高城君が帰ってきたわよ」

真由美は事務所に向かって声を張り上げた。

事務所の戸が開き、哲治と亀三郎が姿を現した。

「おお、やっぱり帰ってきたか」

亀三郎は走って蔵に飛び込んできた。

「心配したぞ」

哲治が満面に笑みを浮かべた。

「ご迷惑をおかけしました。申し訳ありませんでした。でも、もう大丈夫です」

「大丈夫って？　もう居眠りはしないってことか」

亀三郎がからかった。

「はい、もう絶対にしません」

浩紀は、神妙に答えた。

「どこに行ってたの？」

真由美が聞いた。

「米沢……。父と話してきたんだ。これからのことについてね」

浩紀は、光に視線を向けた。

「高城君は大学を退学して、ここで酒造りに命を懸ける不退転の決断をしたんだ」

光の表情が硬い。

「本当なの？　よくご両親が許したわね。A大でしょう？」

真由美が驚いた。

「本当です」浩紀は胸を張った。「矢吹酒造所を荒波町に復活させることに命を懸けます」

「矢吹さん……大変だよ。完全に見込まれちゃったね」

哲治もやや困惑気味だ。

「ええ、高城君が背水の陣なら、私もそうしないといけなくなりました。追い詰められましたよ」

光は眉根を寄せ、苦い表情になった。しかし嬉しさも滲んでいた。

「絶対に復活させないといけないですね。それも荒波町にね」

亀三郎の言葉に、「そうですね。今のところ、なんの当てもないですが、責任重大です」と、光は表情を引き締めた。

「今回の酒造りを一時的なことで終わらせるつもりは、元々なかったんだろう、矢吹さん？」

哲治が光に迫った。どうするつもりだ、と強い気迫だ。

「ええ、もちろんです。でも……」

光は口ごもった。絶対に荒波町に矢吹酒造所を復活させると言い切るには、まだ自信は十分ではない。

「絶対に復活させましょう」

浩紀が拳を握りしめた。

「なんだかおかしいな」

真由美が笑った。

「何がおかしいのですか?」

浩紀が聞いた。

「だって逃げ出したのかと思った高城君が一番威勢がいいんだものね」

「違いねぇや」

亀三郎も口角を引き上げてにんまりとした。

浩紀が照れ臭そうに頭を掻き、表情を緩めた。

「明日はいよいよ搾りだ。力仕事だから、もう少し眠ることにしようじゃないか」

哲治が提案した。

「私は矢吹さんと一緒に醪の寝ずの番をします」

浩紀の表情があまりにも真剣なので、「矢吹さんが居眠りをしたら、ちゃんと起こすのよ」と、真由美が笑った。

「わかりました。お任せください」

浩紀は胸をドンと叩いた。

「おいおい、私は、高城君に番をしてもらうのかい？　情けないな」

光が苦笑した。

「矢吹さん、今回の酒造りは、ほんのとっかかりだ。これからが本当の復活だよ。福島のために、ともに力を合わせようじゃないか。そのためにも今回の『福の壽』の評判が大事になるぞ」

哲治が光の手を強く握った。

光は、絶対に後には引けないという思いで、その手を握り返した。

第九章

新たな道

1

光たちは、醪を搾るための自動圧搾機を使わないことに決めた。自動圧搾機は効率的で多くの酒造所で使用している。当然、会津華酒造にも機械は設置してあり、哲治はそれを使っていた。

機械で搾るのは決して悪くはない。しかし、光は、自分の手でゆっくり、じっくり搾りたいと考えたのだ。十二年振りの酒造りの過程をできるだけ長く味わっていたいのだ。

槽搾《ふなしぼ》りを採用することにした。酒袋に醪を入れ、槽《ふね》の中に敷き詰め、醪の重みで搾る。その次の段階では圧搾機を使って慎重に圧力をかけていく。このやり方を間違えると、酒袋が破れてしまい、台無しになってしまうことがあるため慎重で繊細な荷重加減が重要である。

搾りは焦ってはいけない。三日ほどかけて搾っていく。後に残るのが酒粕《さけかす》だ。これも商品になるが、焼いた酒粕をつまみに、搾りたての酒を飲むのは、酒造りに携わる者の最高の楽しみの一つである。

パイプを伝って酒袋に醪が注ぎ込まれると、柔らかい曲線を描いて膨らむ。

「丁寧に口をたたんで縛り、中の醪が洩れないように注意してよ」

光が、ぎこちない様子で酒袋の口を縛っている浩紀と真由美に声をかけた。

「はい」

二人は、声を合わせて返事をした。

酒袋の口をいい加減に縛ることは許されない。この縛りにも酒造り職人としての丁寧さ、生真《きま》面目《じめ》さが表れる。

酒袋を槽内に慎重に積んでいく。

「美しいです」

真由美が呟いた。

「この槽の中の様子が美しいと言うのかい」

哲治が言った。

「ええ、永遠に続く雪山みたいに見えたの」

「それはいい見立てだ。雪に覆われた会津の山から旨い酒が滴り落ちてくるんだ。本当の意味で命の水だな。真由美が言う通り私にも雪山に見えてきた」

作業スピードは、ゆっくりとしている。それぞれの酒袋を均等な大きさに膨らむように醪を入れるのにも気を遣う。

槽口から静かに酒が出てくる。タンクが酒で徐々に満たされていく。

この酒は、まだ濾過《ろか》されていないため白く濁っている。

「飲んでみるかい」

光が、浩紀と真由美に声をかけた。

二人の目が輝いた。

「はい。いただきます」

二人が同時に言った。

光は、二人に大きめの盃を渡した。

「そうそう、高城君は二十歳になったよね」

「はい、もちろんです」

浩紀ははっきりと言った。今さら何を言うのかとちょっと不機嫌そうに表情を歪めた。

「よかったよ」

光は笑みを浮かべながら柄杓をタンクに差し入れた。そして搾りたての酒をすくうと、二人が持つ盃に注いだ。

「無濾過のあらばしりだよ」

搾った直後の酒には、まだ多くの不純物が残っている。酵母や米の粒子などだ。そのため白く、あるいは淡い黄色をしている。

浩紀は、盃を満たしていく酒を見つめていた。

盃に溢れんばかりに酒が満たされた。

「いただきます」

浩紀と真由美が同時に盃を口に運ぶ。その表情は晴れやかで、満足感に溢れていた。酒造りが始まって、早や、二か月。二人にとって初めての酒造りである。何もわからず闇雲《やみくも》に走ってきた。それだけに盃を満たしている、やや黄味がかった液体が何にもまして愛おしい。

光にとっても同じだ。十二年も、この時を待っていた。酒造りの過程で、津波で命を落とした智花のことを忘れたことはない。今も彼女に許しを乞いながら酒を造っている。タンクを満たしていくあらばしりを見た時、ようやく許されたという気になった。よかったねという智花の声が聞こえた。おじさんは、おじさんの人生を楽しんで……。智花の表情は穏やかだった。津波に流される時の、必死で、絶望した表情ではない。智花も心穏やかに天国で両親とともに暮らしていることを確信した。

搾った最初の酒を飲むのは、自分であると光は考えていた。これは光の復活を告げる酒なのだから、当然だ。

しかし、若い二人に、その栄誉を譲った。この酒は、光にとっては再出発の酒だが、浩紀と真由美にとっても未来に歩みを進めるための酒なのだ。

「旨い」

「美味しい」

浩紀も真由美も一気に盃を干した。笑顔がはち切れそうになっている。

「矢吹さんも飲んだらいい。味を確かめてくれ」

亀三郎が柄杓で酒をすくい、盃に注ぐと、光に差し出した。

光は盃を持ったが、しばらく動くことができなかった。

「矢吹さん、どうしたんだ。固まっているよ。あんたの酒だ」

哲治が笑みを浮かべて促す。

浩紀と真由美も、やや硬い表情で光が盃を干すのを見つめている。二人は、旨い、美味しいと平凡な感想を口にしてしまったことを恥ずかしく思っているのかもしれない。しかしそれ以上の言葉を選択できなかったのが正直なところだろう。

「いただきます」

光は盃を顔の辺りまで持ち上げ、酒の神に捧げるかのように押しいただくと、口に運んだ。

十二年振りの「福の壽」が、口から喉、そして胃におさまっていく。どこにもつかえることなく滑らかに、消えていくように体に吸い込まれていく。

この味、この香り……。光の立っている足元がぐらぐらと揺らぐ。地震の衝撃が蘇ってきた。津波が目の前に迫ってきた。津波に呑み込まれている住宅、車、そして光自身……。智花が見える。手を伸ばす。智花の手を摑む。津波が、ものすごい力で、光と智花を引き離そうとする。

その時だ。周囲が一気に明るくなった。日差しに溢れ、白やピンクの花が咲き乱れている。智花が花畑の中で、楽しそうに歌いながら遊んでいる……。先ほどまで、津波と必死に戦っていた光のささくれ立ち、荒々しく滾《たぎ》っていた心が穏やかになっていく。光は相変わらず電柱にしがみついていたが、その周りにはどす黒い水ではなく、花が溢れていた。智花の笑顔が目の前にあり、歌声が耳に届く……。

「いい出来です」

光は、盃の飲み口を指で拭い、亀三郎に戻した。

拍手が起きた。哲治だった。浩紀と真由美も、その拍手に合わせて手を叩いた。

「おめでとう。そしてお帰り。矢吹さん……」

哲治が静かな口調で言った。

2

酒は、搾っては寝かしを繰り返しながら、三日かけて搾る。それぞれをあらばしり、中取り、せめという。

最近は、搾られた酒をそのまま無濾過という名目で出荷することが多い。冷蔵技術が発達しているためである。製造過程や酒屋にも冷蔵設備が整っており、生きた酵母などを含んだままの無濾過の酒でも品質を保つことができるのだ。

しかし光が造る「福の壽」は濾過、火入れの過程を踏み、瓶詰にして出荷される。

搾った酒はタンクに入れ、そのまま十日ほど静かに寝かせる。不純物を沈殿させるのだ。これが滓《おり》引《び》きである。それでも細かいでんぷんカスなどの雑味成分は沈殿しないため、無色透明とは言いがたい。

活性炭を使い、それらを吸着させる方法もあるが、光は目の細かい濾過フィルターで雑味成分を取り除く。

酒は、人それぞれに好みがわかれる。無濾過の原酒を好む人もいれば、澱《おり》が瓶の底に沈んだ酒を好む人もいる。

しかし一般的に酒は、濾過し、火入れなどの処理をしたものが市場に出ていく。火入れは、濾過した酒を加熱処理して、酵母の働きを止め、雑菌の繁殖を防ぐために行われる。「福の壽」も同じだ。

酒が消費者の手元に届くまでには、数か月を要する。その間、どんな環境に置かれようとも美味しく飲めなくてはならない。

明日は、早朝から火入れ作業だ。

火入れには会津華酒造では貯蔵前にプレートヒーターという、酒をパイプで循環させながら熱して冷やす熱交換タイプの機械を使っている。この機械を使うと、熱した酒を瞬時に冷却可能で、味や香りを損なうことが少ない。

そして出荷前に瓶詰めして、それを六十五度まで熱して、急冷する。二回火入れだ。

光たちは、事務所で夕食を囲んでいた。酒造りもいよいよ大詰めだ。皆の前には、「福の壽」の搾りの過程で取り出された酒粕で作った粕汁が大鍋で置かれていた。

粕汁と一緒に、皆が口にしているのは「福の壽」である。

「酒を搾った最初のあらばしり、二回目の中取り、最後のせめ。それぞれ色合い、味わいが違っているのに驚きました」

真由美が言った。

搾る都度、それを口に含んでいたのだ。味や香りが、搾りの過程でどのように変化するか、実際に体験しないとわからない。

「そうだね。最初は濁りがあり、黄金色というか黄緑色っぽいというか美しい、あらばしりは。その後、徐々に濁りが薄くなっていく。味も香りも雑味が少なくなってすっきりと切れ味がよくなっていく。雑味がある方が、どこか味に深みがあるような気もするけどね。でもそれぞれの段階で、いい味だ」

光は十二年振りに「福の壽」の味の記憶を反芻《はんすう》していた。

「火入れしなくても、このままで旨いですね。あらばしり、中取り、せめという表示をつけて販売している酒蔵がありますね」

浩紀は言い、「どれも最高に旨いなぁ」と、うっとりと目を細めた。

「でも、お酒の表示が多くて、どれを選べばいいのかわかりにくいですよ」

真由美の顔に困惑の表情が浮かんでいる。

「そうだね」哲治が答えた。「生酒、無濾過酒、あらばしり、中取り、せめ、おり酒などなど、いろいろな銘柄をつけて酒屋に並んでいるからね。それが消費者にわかりにくいことも事実かな。いろいろ飲んでみて、自分に合う酒を探す楽しみがあるにはあるがね」

「普通の人は、どれを選んだらいいのかわからないですよね。なんとかした方がいいかもなぁ」

浩紀が問題提起する。

「私もそう思う。『会津華』販売の手伝いをしていて、お客様に聞かれて困ったことがあったわ」

真由美が同調する。

「本格的に『福の壽』を出す際には、そうした酒の種類の解説を表示することも、親切かもな。酒造りの側から、どんな味か香りか、どんな料理に合うかを解説するのは、なにやら押し付けがましいのかもしれないけど……」

光が哲治を見た。

「昔は、がちがちに火入れして、日持ちするようにしたから、こんなに種類はなかった。しかし今は、貯蔵技術が発達したからね。実際、こうやって出来立てほやほやの酒を飲めるのは私たち蔵人《くらびと》の特権だったのだけど、今では誰でもそれを楽しめるようになった。有難い世の中だけど、もう少し消費者に説明は必要だろうね」

哲治が思案げに何度も頷いた。

「明日から始める火入れにもいろいろあるよ」亀三郎がコップに注いだ酒を、ぐいっと飲み干し、「全く火入れしないのは生酒、貯蔵前だけ火入れするのは生詰め、出荷前だけ火入れするのは生貯蔵酒。普通は二回の火入れだけどね」と言った。

「春に作った酒に火入れを行って貯蔵しておいて夏の間、熟成させて、そのまま火入れせずに出すのが……」

哲治が、真由美を見た。クイズを出題しているかのようだ。

「ひやおろし、でしょう？　秋上がりともいう」

真由美が笑顔で答える。

「その通り。これは昔からあるんだけど、夏が終わり、秋の涼しさの気配が迫ってきた頃は、外気が冷えてくるだろう？　それが貯蔵した酒を丁度いい『冷や』の温度にするんだな。そしてそれを出荷、『卸す』から『ひやおろし』。江戸時代から、秋の風物詩として庶民が楽しみにしていたんだな。日本人というのは、酒で季節を感じていたんだ。『秋上がり』というのは、熟成された酒が秋になって旨味を増した時に使う言葉だ。熟成が上手くいかなかったら『秋落ち』になってしまう。奈良には、数年も熟成させる酒を造っているところもある。『古酒』と銘打ってね。

どこか黄味を帯びたいい色合いの酒になり、味もやわらかいね。洋食にも合うと言われている」

さすが哲治である。説明に淀みがない。

真由美が、父である哲治を尊敬の目で見ている。

「こうやっていろいろな種類があると、日本酒には多くの可能性があるね。皆さんのお蔭で酒造りを始めさせてもらって、今は、昔より酒の可能性を感じている」

「矢吹さんの言うことはわかります。お酒だけでなく、この粕汁もとても美味しいし……。この酒粕は粕汁以外にも、もっと活用できるんじゃないですか。本当にお酒は可能性の宝庫かも」

今夜の粕汁は、真由美と浩紀が作ったのだ。

「焼酎も造れるんじゃないですか？」

浩紀は粕汁をお代わりしている。

「若い君たちが日本酒の可能性を無限に広げてくれるのが楽しみだなぁ」

光は、頼もしそうに浩紀を見つめた。

「何を言っているんですか。主役は矢吹さんです。今回は、『福の壽』の助走です。次は、本格的に走り出さないといけないんですよ」

浩紀が勢い込んだ。

「そうだね。そうありたいね」

光は微笑した。

「ところで、『福の壽』は二回火入れでいいんだね」

哲治が確認する。

光は、すぐには答えなかった。「福の壽」は地元で消費されていた酒である。家庭に貯蔵されて一升瓶からグラスに注がれて飲まれていた。そのためタンクから貯蔵タンクに移す際に一回目の火入れをし、その後、瓶詰めをして瓶燗火入れをしていた。都合、二回である。

火入れというのは、熱する温度や冷やす時間などに注意を払わないと、味や香りが抜けてしまう。そこで光は、できれば火入れの回数を少なくしたいと考えていた。

「よろしいでしょうか」

光は、哲治を見つめた。

「ああ、考えを言ってくれ。矢吹さんの酒なんだから」

「いいえ、いいえ、これはみんなの酒です」光は手を振り、否定した。「そこで相談なのですが、確かに私が造っていた『福の壽』は二回の火入れを行っていました。プレートヒーターなんていい機械がなかったですから蛇管《じゃかん》に酒を通して、それを湯煎《ゆせん》することで熱していました。ですから温度の調節も難しく、また冷やすのも、タンクに入った熱い酒をタンクに冷水をかけることで冷やすわけですから半日仕事です。本当のことを言えば、生で、火入れ前に飲んでいた酒の香りや味わいが損なわれていたと思います。地元酒だから、皆さんが飲んでくれていましたが、本当に美味しかったかどうか……」

光は目を伏せた。

「じゃあ、火入れをしないで生酒で出荷するのですか？」

亀三郎は、少し驚いた顔つきになった。

「いいえ、そうではありません。やはり品質の劣化を防ぐには火入れが必要ですからね」

「それじゃあ一回にするんだね。プレートヒーターを通すだけにするのかい。どうなんだい」

哲治が答えを求めた。

「私、考えがあるんです。手間はかかりますが、瓶詰めしてから加熱する、瓶燗火入れをして貯蔵したらどうかと思うのです」

「瓶燗火入れは出荷直前にするものだよ」

亀三郎が首を傾げた。

「ええ、その通りです。でもそれを貯蔵段階で実施するんです。明日は、瓶燗火入れをしたいと思っています」

「どうして？　それにどんな効果があるのかな」

哲治も疑問の表情だ。

「オープンなタンクに入れて貯蔵するより、瓶に詰めた方が空気に触れないため、品質を保てると思います。瓶燗火入れをして、そのまま冷蔵室で保存して出荷を待つわけです。いかがでしょうか」

光は哲治と亀三郎を強く見つめた。二人は無言で考え込んだ。

「いいかもしれないね。どうだろうか？　亀三郎さん」

「そうですね……確かに出荷前に、絶対瓶燗火入れが必要なわけではない。最初からそうしておけば火入れの回数を減らせますし、冷蔵保存も容易ですからね。やってみる価値はあるかもしれません」

「亀三郎さんも承知されるなら、それでいきましょう、矢吹さん」

「ありがとうございます。十二年振りなのに勝手なことを言いまして、申し訳ありません」

光は低頭した。

「なんの、謝ることなんかないですよ。いい方法は採用すればいい。より生で、新鮮な酒を提供できるんだから」

「なぜこんな方法を考えたかと言いますと」光は眉根を寄せた。「タンク一つですから、二千本ほどの酒です。どうせなら全て瓶詰めにしておいた方がいいかなと思いまして……。売れなくて、タンクに長くためておくのも可哀想だったので」

「そんなことを考えていたのですか。大丈夫。売れますよ。『会津華』を扱ってくれている酒販店にも話を通していますから」

「矢吹さん、僕にも考えがありますから」

浩紀が、自信に溢れる表情になった。

「私にもアイデアがあるんですよ」

真由美が聞いてほしいと言わんばかりに、身を乗り出した。

「真由美さんのアイデアが聞きたいな」

浩紀が真由美を見つめた。

「私のアイデアはね。『福の壽　絆』という名前にして、このお酒が復興を目指す福島で多くの人々の絆から生まれたことを強力にアピールするの。以前、勤務していた広告会社にも協力を頼むつもり。みんな、応援するって言ってくれているから」

「そりゃいいや。『福の壽　絆』、いいネーミングだなぁ」

浩紀は大袈裟《おおげさ》に喜んだ。

「さあ、今度は高城君の考えとやらを聞かせてもらいましょうか?」

真由美が得意げに微笑んだ。

浩紀は突然立ち上がった。

そして自信たっぷりの表情で光たちを見渡した。

「おいおい、何やらご大層だな。何が始まるんだい」

光は、楽しそうに表情を緩めている。

「では、私のアイデアをご披露します」

浩紀が話し始めた。真由美が拍手した。

「ありがとうございます」浩紀は頭を下げた。そしてやや胸を張ると「『福の壽』の販売に東亜電力の協力を得ることができました」と言った。

「えーっ」

光たち、その場の全員が一斉に驚きの声を上げた。

「これは嘘でも冗談でもありません」

「信じられないな」

光は驚きを隠せない。

「矢吹さんの酒造所は津波に流されてなくなりました。それは自然の行いです。私たちが抵抗しても無駄なことです。しかしその後、助けられたかもしれない人々が亡くなったのは、東亜電力の原発事故の発生が大きな原因だと考えられます……」

浩紀が話し続ける。光は、津波が引いた後の悲惨な光景を思い出した。智花を救助に、否、せめて遺体を発見したいと、その場に向かおうとした。しかし原発事故のために立ち入りを禁じられてしまった。

実際は、誰も助けられなかったかもしれない。しかし光たち消防団員たちはすぐにでも津波の現場に入りたかった。しかし、数週間もの長きに亘って立ち入りを禁じられた。

悔しかった。立ち入りが許可されると、せめて智花の服の切れ端でもいい、智花が大事にしていた犬のぬいぐるみ以外に何か見つけられないか、荒廃した町の瓦礫の間に挟まっていないかと、涙で曇ってしまった目を、こすりこすりして歩き回った。

「あの原発事故は、想定外だった、不可抗力だったと言う人もいますが、いずれにしてもあの事故がなければ、今頃は、きっと矢吹さんは酒造所を再建されていたことでしょう。矢吹さんばかりではありません。福島全体の酒蔵が原発事故の結果、引き起こされた風評被害に今も苦しんでいます。福島の酒を輸入しない国もあります。国内でも、福島の農水畜産物を未だに忌避する人がいます。この責任は東亜電力にあります。そのことは東亜電力の人たちも十分に理解しておられます。そしてどんなことでも福島の復興につながることなら協力を惜しまないと言われています」

「約束を取り付けたのか?」

光が聞いた。

「はい」浩紀は力強く答えた。「取り付けました。柏木雄介さんが協力してくれました」

「でも彼は井口さんのところで修業中だろう?」

光の問いに、浩紀は笑みを浮かべた。

「柏木先輩は、元住倉商事の社員です。その頃のコネクションを生かして、東亜電力の本社に話をつけてくれました。私たちが酒造りを始める前のことです。それで酒造りが上手くいったら東亜電力の福島復興会社の方が『福の壽』の販売支援に協力してくれることになっています。今回だけではなく、これからもです。以上、ご清聴ありがとうございました」

浩紀が椅子に腰を下ろした。

「すごいじゃない。高城君もやるね。一度、逃げ出しそうになったとは思えない」

真由美は「グッド・ジョブ」と親指を立てた。

「ひどいです。忘れようと思っているのに傷口に塩を塗らないでください」

浩紀が情けない表情になった。

「でも私が広告会社の友人と一緒にネットで発信したら、東亜電力に協力を仰ぐまでもなく、販売終了になってしまうんじゃないかな」

真由美も自信ありげだ。

「おいおい、それじゃ私が酒販店に頼んでいる分はどうなるんだね」

哲治が苦笑した。

「皆さん、なんだか捕らぬ狸《たぬき》の皮算用になってませんか？　全ては明日、火入れ後ですよ。本当に旨い酒ができてないと売れませんから」

亀三郎が釘《くぎ》を刺した。

「それに、ここで搾りたてを飲み干してしまわないようにしないとな」

哲治が、グラスを掲げた。そこには「福の壽」が満たされていた。

光の目から、涙がこぼれた。これほどの善意に囲まれて「福の壽」が復活したことに大きな喜びを感じていた。

真由美が命名した「福の壽　絆」はいい名前だ。今回の酒に相応しい。

「みなさん、ありがとうございました」

光は、涙を拭って哲治たちに頭を下げた。

「何、頭を下げているんだ。それに、過去形で言うなんて矢吹さんらしくないよ。これからだよ。これで終わったらダメだ」

「そうですよ。この酒には『会津華』の未来もかかっているんですから」

「矢吹さん、次は『福の壽』と『会津華』がコラボレーションしたお酒を売り出しましょう」

「会津華」は「福の壽」と同時に醸造を進め、今、タンクに眠っている。

「試飲会を開催しましょうね」

「真由美、そりゃいいアイデアだ」

哲治が賛成した。

「その際は、東亜電力はもちろんですが、みずなみ銀行も呼びませんか」

浩紀が提案した。

「泰三君に話すわ。あの憎たらしい沼田課長も呼びましょう。あんなに反対していたけれど、どんな顔するでしょうね」

真由美が皮肉たっぷりに口角を引き上げた。

「憎たらしいなんて、怒られるよ。大久保支店長のお蔭ですっかり協力的になったんだから」

光がたしなめた。

「変わり身が見事でしたね」

浩紀は心底、愉快になった。酒は人をよい方向に変える妙薬なのかもしれない。

「私たちも変わりました。ありがとうございます、矢吹さん」

真由美の目には、うっすらと涙が光っていた。

3

年が明け、二〇二四年になった。元旦から能登《のと》で大地震が起き、多くの人が亡くなった。津波が発生し、建物が流された。光は、テレビが映し出す津波の映像に心を痛めた。十三年前の三月十一日を思い出したからだ。

地震や津波、そして火災とまるで福島を襲った東日本大震災と同じだ。復興には時間がかかるだろう。能登は、福島と同じく昔から旨い酒が造られる地域だ。できることなら光は、能登に飛んでいき、酒造り復活の手助けをしたいと思った。

しかし今は、まず自分の酒蔵復興を成し遂げねばならない。

今年は暖冬と言われている。会津も例年になく暖かい。二月だが、もはや春の日差しが蔵に降り注いでいる。

「ようやく、ここまで辿り着きましたね」

浩紀の目の前には、真由美がデザインした「福の壽　絆」のラベルも初々《ういうい》しい一升瓶が並んでいる。

今日は「福の壽　絆」の試飲会だ。光の酒造り復活を支援してくれた人たちを招く。会場は、会津華酒造の駐車場だ。

搾られた酒は、光の要望通り、瓶詰にされ、煮沸タンクで六十五度に熱せられ、そして急冷された。瓶燗火入れだ。これで酵母の活動を抑え、雑菌の発生を防ぐことができる。そして出荷まで、冷蔵庫で静かに寝かされる。

今日は、特別に何十本かが表舞台に引っ張り出された。

「皆、予定より早く集まってきたね」

光は会場の人たちを見て、自然に顔がほころんでくる。

「待ち遠しいんですよ」浩紀は言い、空を指さした。「雲一つない澄み切った青空です。二月の会津ではあり得ない空です。自然までもが『福の壽』の復活を喜んでいるみたいですね」

光は空を見上げた。まるで海にいるような錯覚を覚える。それほど青い。鈍色《にびいろ》の雲に覆われた日々が続く会津の冬とは思えない。

「早くみんなに『福の壽』を振る舞いたいです」

「そうだね。皆が集まったら予定より早く始めてもいいだろう」

「僕は、荒波町名物の荒波焼きそばを作り始めます。『福の壽』と焼きそばもいいんじゃないですか？」

「そうだね。どんな料理にも合うのが本物の酒だから」

テーブルは、網元の中藤が腕をふるってくれたヒラメやマダイの刺身で埋め尽くされている。その傍では、荒波町の名物と言えるシラウオが躍っている。生で提供したり、てんぷらにしたりするのだ。この日のために咲子が作った鮭汁も、温かい湯気を上げている。鮭汁には「福の壽」の酒粕が溶けており、粕汁仕立てになっている。

「おめでとう」

國誉酒造の慎一が挨拶に来た。

「ありがとうございます」

光は笑顔で迎えた。

孝平も、ハイテクプラザの貢もやってきた。

井口も、そこで修業している雄介も、そして米を提供してくれた和馬も来た。

皆、これ以上ないほどの笑顔だ。光は、彼らの一人一人に挨拶し、握手を交わした。

哲治も亀三郎も喜びを満面の笑みで表している。

浩紀は焼きそば作りに励んでいる。真由美は、鮭汁を椀《わん》に入れて渡している。

「お父さん、来たよ。おめでとう」

凪子の傍には陽子がいる。そして咲子、清市、十和子、一家総出だ。皆の笑顔が輝いている。

「光、よくやったなぁ。新しい人生の始まりだ」清市が言った。「俺も手伝いたかったぞ」

「父さん、まだまだだよ」

「じっくり『福の壽』を味わわせてもらうから」

「私たちは飲んじゃダメでしょう?」

陽子が残念そうな顔をした。

「当たり前でしょう」

咲子は怒った口調だったが、顔は笑っている。

「でも、お父さんが造ったお酒をちょっと飲みたいな」

凪子が不満そうに口を尖《とが》らせた。

「ジュースにしなさい」

咲子が眉根を寄せた。

「今日はお招きいただき、ありがとうございます」

みずなみ銀行福島支店長の大久保だ。その背後に課長の沼田、そして真由美の友人の泰三がいた。沼田は、少し恐縮したような表情だが、泰三は反対にはしゃぎ気味に真由美に近づき、鮭汁の椀を手に取っていた。

雄介が光に近づいてきた。

「矢吹さん、ご紹介します」

雄介がスーツを着た男女を光の前に連れてきた。

二人は緊張している。

「東亜電力の福島復興会社の方です」

雄介が紹介した。

「あっ、どうも」

光は、戸惑いながらも小さく頭を下げた。浩紀から聞いてはいたが、本当にこの場に現れるとは思っていなかった。

「支援担当をしています大西《おおにし》です」

「同じく志賀《しが》です」

二人は、名刺を差し出した。

「あいにく名刺を持ち合わせていませんので……」

光は恐縮して、頬を赤らめた。

「いいえ、結構です。本日は、おめでとうございます。私たちにできる協力は全てさせていただきます。なんでもご相談ください」

大西は、力強い言葉を光に投げかけた。

「ありがとうございます」

光は、深く頭を下げた。

東亜電力を恨んだことがあった。原発事故さえなければ、福島の復興はもっと進んでいたかもしれない。荒波町のまだ大部分が帰還困難区域だ。多くの人が街を捨てた。好んで捨てたのではない。已《や》むを得ず、だ。愛する故郷を捨てざるを得ない者の思いがわかるか！

光は意地でも荒波町に居座っているが、父母も妻も娘たちも米沢に住んでいる。向こうの生活に親しみ、早々に戻ってはこないだろう。こんな悲しいことがあるか。特に、ここで生まれ、ここで死ぬのが当然の人生であると思い定めていた清市や十和子は、どれだけやるせない思いを抱いているか想像できない。

目の前にいる大西と志賀に、今ここでその思いをぶつけたい。しかし光は、火入れと同じように熱した心を急激に冷やした。すると、心にわだかまっていた澱が、スッと消えていくのを実感したのだ。

彼らも辛いのだ。光たちと同じく犠牲者なのだ。これから先も、光たちと同様に、原発事故と向き合っていかねばならないのだから。何十年、何百年、何千年……。終わりの見えない果てしない時間が光と彼らの前に続いている。

大西が握手を求めてきた。

光は、その手を握った。強く握り、「お世話になります」と大西を見つめた。

「皆さん、今日はお忙しいところお集まりいただき、まことにありがとうございます」

哲治の声が会場に響いた。

「皆さんが、待ちに待った『福の壽』が十二年、否、新しい年になりましたので十三年振りに復活しました」

会場から大きな拍手が起きた。

「今日はたっぷりご用意いたしましたので『福の壽　絆』の新酒を心ゆくまで味わってください。その前に、矢吹酒造所の矢吹光さんから一言お願いします」

哲治が光を手でさした。

準備はしていたのだが、光は緊張で、体が硬直するかと思われた。

「お父さん、頑張って」

凪子と陽子が背後から声をかけた。

光は、心を鎮《しず》めて皆の前に立った。

「みなさん、本日は……」と型通りの前口上を述べたが、しっくりこなかった。どんな挨拶よりも、とにかく「福の壽　絆」を飲んでほしい。自信を持って造った酒だ。酔い潰れてほしい。

「私という酒造りを諦めた男にもう一度酒を造れと勇気をくださったのは、ここにお集まりの皆様です。私は、皆様との絆のお蔭でこの酒を造ることができました。ですから『福の壽　絆』と名付けました。ぜひ、酔い潰れるまで味わって、飲んでください。ありがとうございます」

光は、声の限りに、話し終えると深々と頭を下げた。自分の足元を涙が濡らしている。

拍手が耳元に響いてきた。それはいつまでも続いていた。

4

「完売です」

浩紀が光に報告した。「福の壽　絆」を積んだ軽トラックが事務所前を出発していった。

「よかった……」

光は安堵の笑みを浮かべた。

「私、完売すると思っていました。ネットの力って大きいですね」

真由美の表情が晴れ晴れとしている。

「二人のお蔭です」

光は低頭した。

「こちらこそありがたいです。お蔭で『会津華』の名前も知れ渡って売れていますから」

「福の壽　絆」は、試飲会の様子が地元テレビ局で放映されたこともあり、多くの人の目に留まった。また真由美が、元の勤務先の広告代理店の支援を受けて手掛けた、インターネットでの情報発信も大いに消費者に届いた。

津波と原発事故で全てを失った酒造家が、多くの人たちの支援を受けて、酒造りを再開していくストーリーが感動を呼んだのだ。

東亜電力復興会社の大西と志賀も販売に奔走《ほんそう》してくれた。東亜電力の社員に購入を呼び掛けたり、首都圏などでもイベントを開催したりとかなりの本数の「福の壽　絆」を販売してくれた。

哲治が培《つちか》ってきた「会津華」の販売を手掛ける酒販店ルートにも乗せてもらった。酒販店の店主たちは、復興の酒という位置付けで「福の壽　絆」を熱心に販売してくれた。

長く酒造りから離れていたため、矢吹酒造所の酒販店ルートは消滅していた。だから、新たに酒販店ルートが開拓できたことは、光にとって矢吹酒造所を復活する際の大きな力になるに違いない。

酒は、旨いからといって売れるものでもない。ちゃんとした販売ルートがあってこそ売れるのだ。そのためには酒販店の力は大きい。

今回は、製造本数が少なく稀少価値もあり、完売にこぎつけることができた。

しかし本格的に酒蔵を復活させ、事業として成り立たせるためには一升瓶で数千本ではとうてい無理だ。小さな酒蔵でも百石《こく》から二百石、一升瓶で一万本から二万本である。

光が新たに酒蔵を開設するなら、以前のように少なくとも五百石、一升瓶換算で五万本は造りたい。そのために酒販店ルートの開拓は重要だ。今回、「福の壽」の復活に力を貸してくれた酒販店をベースに新たなルートを開拓しなくてはならない。

酒販店は酒のプロである。現在のように各地の地酒が、それなりにブランドの価値を保って販売できているのは、酒販店がそれに関心を持ち、地道に販売してくれているからだ。

酒販店ルートを新たに築くために、酒には付加価値が必要だ。他の酒との差別化だ。

今回、「福の壽」やその復活に力を貸してくれた「会津華」の販売が好調だったのは、福島復興というストーリーで、他の地酒以上の付加価値があったからだ。それを酒販店が評価してくれたのだ。この付加価値を活かすと同時に、新たな価値を加えていかねばならないだろう。

見直したのはインターネットの力だ。真由美が、酒造りの工程のショートムービーを上手く編集して、「福の壽」の魅力を伝えてくれた。大きな反応があった。飲んでみたい、復興応援します、という温かいメッセージとともに、注文が殺到した。さすがに送ることは不可能だったが、百本送ってほしいとアメリカから注文が来たのには驚いた。インターネットは世界をつないでいる。これをもっと活用したい。真由美や浩紀たち、若い人たちはきっとこのツールを使いこなして、新しい酒のマーケットを切り開くに違いない。光も大いに学ばねばならない。

ところで酒に一番重要な要素は何か。それは風土色ではないだろうか。

今や世界は画一化が進んでいる。日本国内も同様だ。どこに行ってもその土地の個性が失われてしまった。そのような中で酒は画一化から最も遠いところにあるものではないか。

酒は多種多様だ。ビールもウイスキーもワインも焼酎も泡盛も……。それは単に材料の違いということではない。

今では、どんな地域でも、どんな酒でも造ることができるが、かつてそれぞれの酒は、全て地酒だった。ウイスキーはスコットランドの寒々とした風土が生んだものであり、ワインは陽光輝く葡萄《ぶどう》の産地から生まれた。

日本酒も同じだ。米、水、四季の明確な移り変わりという、日本の風土が生んだものだ。

そしてその中でも福島の酒は、より風土色が強いのではないだろうか。

会津の冬は雪深く、手が切れるほど寒い。中通りの夏は蒸し暑く、冬は冷たい風に悩まされる。矢吹酒造所のあった浜通りは雨が多く、夏は涼しく、冬は暖かい。

それぞれの気候風土にふさわしい酒が古くから造られ、醸《かも》し出され、それぞれの風土色を個性にして味わいの違いを生み出してきた。

今回、光は会津で「福の壽」を造った。

しかし、それは会津の風土色を帯びた「福の壽」ではなかったのか。荒波産の米にこだわり、矢吹酒造所に根付いていた酵母を見つけだし、それを使ったのだが……。荒波町の「福の壽」とは違ったものだ。

荒波町の風土でしか造れない「福の壽」を造りたい。否、造らねばならない。

光は、今まで以上に強く思った。

「矢吹さん、これからどうされます。僕は矢吹さんについていきます」

浩紀は、最後の「福の壽」を積んだトラックを見送りながら決意のこもった声で言った。

浩紀は、大学を退学して光に弟子入りした。酒造りの道に踏み込んだのだ。光は、彼の人生も背負わねばならない。

「高城君、私からも頼むよ。一緒に歩んでくれるか」

光は遠くを見つめながら言った。

「もちろんです」

浩紀が力強く答えた。迷いのない口調だった。

「荒波町で『福の壽』を造りたい。津波で何もかも失った土地に酒造所を復活させたい」

「やりましょう」

「でも簡単じゃないぞ」

光は浩紀を振り向いた。

「簡単じゃないからやるんですよ」

浩紀は明るく言った。

「ありがとう。私に、今あるのは思いだけだ。強い思いだけだ。みんなと、ここで『福の壽』を造ったことで、欲が出たのかもしれないが、荒波町で『福の壽』を造りたいという思いだけだ」

「思いがあれば、一心に思えば、実現できないことはない。そうではありませんか。『虚仮《こけ》の一念、岩をも通す』と言いますから」

「私たちは『虚仮』になるのかな」

光は笑った。

「はい」と浩紀は言い、「日本一、いや、世界一の『虚仮』になりましょう」と笑顔になった。

光は、浩紀の笑顔の中に、思いの実現に向かって歩いていく自分の姿を見た気がした。

最終章

荒れ地に種を

1

冷たく強い風が顔に当たり、痛い。光は、海を見つめて立ち続けている。

漁船が停泊している。十三年前の二〇一一年は、今よりもっと多くの漁船が港を埋め尽くしていた。

遠くに防潮堤が見える。

コンクリート製の頑強な壁を越えて、濃い灰色の、黒にさえ見える津波が襲ってきた。その時、周囲の全ての音が消えた。

人々が昨日まで愉快に過ごしていた家を無残に押し倒し、瓦礫になってしまった柱や瓦を、根こそぎ海のかなたまで運び去っていく。当然のことながら人々の悲鳴や家が崩れ去る音などが周囲を満たしてもいいはずなのだが、光にはそうした声や音が耳をざわつかせたという記憶はない。

全くの無音の世界が広がっていた。それは恐ろしい世界だった。死後の世界は、音がないのだと思った。

光は、右手をわずかに持ち上げた。その手には、あの時抱き締めた智花のぬくもりが、まだ残っている気がする。

今、光が立っている場所にはかつて矢吹酒造所があった。光が、父の清市が、そして二人の従業員が、酒造りに励んでいた。

酒造所のすぐ隣には母屋《おもや》があり、母の十和子、妻の咲子、そして娘の凪子、陽子が暮らし、彼らの笑い声が酒造所にまで届いていた。

いつまでも変わらぬ確かな日常があった。それは光の先祖たちが、この地に生活の拠点を築いてから続いていた暮らしだった。その時間は何十年ではない。何百年もの時間だ。酒造所を営み始めてからでも二百年以上が経っていた。

ところが地震による津波がそれらの時間を全て奪ってしまった。

「このままでいいのか……」

光は呟いた。

いいはずがないと、強く思っていた。

光の足元には荒れ地が広がっていた。春を感じて、雑草の芽がわずかに覗いていた。夏が近づくにつれ、雑草が伸び放題で、辺りは誰も立ち入らない雑草ばかりの野原になることだろう。そして秋になり、雑草は実をつけ、種をまき散らし、冬には枯れて、再び何もない荒れ地に戻っていく。この繰り返しで十三年目を迎えた。

人は誰も戻ってこない。皆、高台に、また父母たちのように荒波町を捨て、異郷に暮らし、そこを新たな故郷にしようと努めている。

「このまま津波に負けていいのか。負けない。何度でも立ち上がってやる」

光は、再び呟いた。

過去にもこの地を津波が何度か襲った。人々は家ばかりか命まで失った。しかし負けずに村を、町を再興してきた。

光は、今、少し自信を取り戻していた。会津華酒造で、「福の壽」を造ることができたからだ。多くの人の助けを借りての十二年振りの酒造りであるが、満足する出来だった。お蔭で完売した。この自信をどこに向けるべきかと考えた。やはりここだ。この荒れ地でもう一度酒造りを再開するのだ。

光は、昨夜のことを思い浮かべていた。光が住む荒波町のアパートに家族が全員集まっていた。

*

「本当にやるつもりなのか」

清市が言った。眉間に深く皺を寄せ、苦悩を滲ませている。

「規制がかかっているんじゃないの」

十和子が言った。十和子の表情も暗い。

「やりたい。津波に負けたままでいたくない」

光の視線は咲子に向かっていた。

咲子の目が暗い。答えを探りあぐねているようだ。

「あなたがやると言うなら反対はしないけど……。でも、また同じような目に遭うのではないかと心配になる」

咲子が小声で呟くように言った。

「規制は大丈夫よ。お父さん」

凪子が言った。表情に熱がこもっている。

矢吹酒造所があった海に近い地区は、津波被害が激しく災害危険区域に指定されている。この場所で建築が禁止されているのは住宅、アパート、ホテル、医療施設など宿泊を伴う建物だ。工場など製造設備の建築は許されている。しかしこの荒れ地に工場を造ろうという者はいない。

「酒蔵を造ることは可能だ」

光の言葉は確信に満ちていた。

「お父さんが、もう一度、ここでお酒を造るなら、私、ここに移ってくる」

陽子が興奮している。

「米沢の学校はどうするの？」

咲子の表情に困惑が浮かんでいる。

「だってお父さん一人で、津波と戦えないでしょう」

陽子が咲子に反論する。

「私も、ここに戻ってくる」

凪子も同調する。

「お前は東京の大学に進学するんだろう？」

凪子の言葉に、光が眉根を寄せた。

「うん」凪子は大きく頷いた。「お父さんと同じ東京農大で酒造りを学んで、それからここに帰ってくる」

「ありがとう」光は微笑んだ。「ナギもハルも、その気持ちをありがたく受け取る。しかし二人の人生に影響を及ぼそうとは思っていない」

「お父さん、家族でしょう？　影響も何も、お父さんがやろうとしていることに協力したいの」

凪子の口調は、なんとしても光に自分の決意をわかってほしいという思いに溢れていた。

「私も……」

陽子も真剣だ。

「ハルは、まだ中学生じゃない」

「それでもやれることがある。ここに戻ってくれれば、お父さんを少しは手伝うことができる。私だって津波に負けたくない。米沢も好きだけど、この荒波町がもっと好きなんだもの」

陽子が涙を流している。

「わかったわ。二人ともお父さんが大好きなのね。私もここに酒造所を造るのに賛成するわね」

咲子が笑顔で涙を拭っている。

「光は幸せ者だよ。こんなに娘たちに慕われているんだから。私も賛成するわね」

十和子が笑みを浮かべた。

皆が、清市に視線を集めた。残るは清市だけだ。彼が賛成すれば、家族全員が賛成することになる。

「あなたは？」

十和子が聞いた。

清市は、腕を組んだまま、唇を固く閉じている。

「光の思いはわからんでもない。しかしなぁ……」

清市は表情を曇らせた。

「しかし、何？　おじいちゃん」

陽子が清市を見つめた。

「地震がいつ来るかわからない。また津波が来るかもしれない。そんなことになれば、また何もかも無駄になる。それでもいいのか？」

清市は光に迫った。

「それでもいい。何度でもやり直す。もう逃げない」

光の口調には、断固とした決意がこもっていた。

「私たちが逃げたと言うのか？」

清市が怒った。

「そうは言っていないです。私の問題です」

「お前は逃げていたのか？」

「今までずっと逃げていました。もう二度と、あんな恐怖を味わいたくないと思いました。酒造りからも逃げていました」

「今回、お前は『福の壽』を復活させた。会津で造ればいい。造れるところで造ればいいではないか」

「それじゃあダメなんです」

「なぜダメなんだ。その方がリスクはない」

「確かにお父さんの言う通りです。しかし会津で造る『福の壽』は本当の『福の壽』ではないんです。この荒波町で造ってこそ、本物なのです」

光の強い口調に圧倒されて清市は黙った。

「お父さん、私に本物の『福の壽』を造らせてください」

光は深く頭を下げた。

「ありがとう。よくわかった」清市の顔は涙で濡れていた。「光がそこまで思ってくれていることはありがたい。私も協力したい。先祖が造り続けてきた『福の壽』が途絶えたことをどれだけ悔やんでいたことか。この間、お前がそれを復活させてくれたことは嬉しくてたまらなかった。それで十分だった。しかし今度は酒造所まで復活させると言う。私は、嬉しさより恐れを感じてしまったのだよ。まず、私は、恐れを払拭せねばなるまい。そうでないと孫たちから臆病者と言われてしまう」清市は凪子と陽子を見つめた。

「よかった。おじいちゃんが賛成してくれた―」

凪子が手を叩いた。

「お父さんが、荒波町に酒造所を復活させたら、高城さんも一緒に働くんでしょう？　お姉ちゃん、よかったね」

陽子が笑みを浮かべた。

「それが、なぜよかったねってなるの」

凪子がわずかに険しい表情になった。

「だってさ……高城さんがずっとここにいることになるんだよ」

陽子がからかうような顔になった。

「余計なことを言わないで」

凪子が、照れ隠しのような仕草で拳を振り上げた。

「まあ、まあ、二人とも喧嘩するんじゃないの」

咲子が仲裁に入った。

「しかし……」清市が涙を拭いながら再び口を開いた。「酒蔵を復活させるとなると、資金なども大変だ。まずは、今回、『福の壽』の復活に協力してくださった鈴村先生に相談しろ」

「わかりました」

光は答えた。

「きっといい知恵を授けてくださるだろう」

*

光は、事務所に向かって歩き始めた。今から、会津若松のハイテクプラザで鈴村孝平に会うことになっている。孝平は、果たして賛成してくれるだろうか。

「矢吹さん、そろそろ出発しますよ」

浩紀が手を上げている。

「わかったよ。今、行く」

光は、最高の若い協力者に答えた。

光は振り向いた。目の前の荒れ地が海まで続いていた。ここがこのままでいいはずがない。矢吹酒造所が一粒の種となって、この荒れ地にまかれれば、いつの日か、花が咲き、人々の笑顔が
――その中には智花もいるのだが――溢れ、笑い声が響き渡る土地に変わるに違いない。

2

「本気なのですか?」

鈴村孝平が目を瞠って聞いた。

「本気です」

光は傍らに控えている浩紀を振り向いた。浩紀は真剣な表情で頷いた。

「誰も、あの津波に奪い去られてしまった土地に戻ろうとはしないですよ。そこに酒蔵を再建するなんて……。またいつ津波に奪われるかもしれません」

孝平の眉間の皺が深い。

「それでも……構いません。何度でも……何度でも」

「何度でも」

「そうです。何度でも造り直します。きっとそうやって私たちの先祖はこの地で生きてきたので

す」

「矢吹さんが、あの荒れ地に酒蔵を復活させても、後に続く人がいるかなぁ。それでもいいのですか？」

「はい」

光は、大きく頷いた。

「決心は固いようですね」

ようやく孝平は笑みを浮かべた。

「ご協力をお願いします」

光が頭を下げた。

「わかりました。あのエリアに酒蔵を造ってはいけないという規制はありませんが、一応、役所に相談しましょう。その方がいいでしょう。どうしても前例のないことをやりたがりませんからね」

「ご一緒していただけるのですか？」

「はい、私の方が矢吹さんより役所に顔が利くと思いますから」孝平は言い、何かに気づいたのか、光を見つめた。「ところでこれは？」

光は、孝平が親指と人差し指を合わせて丸くしたのを見て「お金ですか」と言った。

「どれくらいかかりますか？」

「設備だけで二億円くらいはかかるでしょう。土地はありますが、建物、設備、全てゼロからですから」

「簡単に二億円っておっしゃいますが、大変ですよ。いくらか当てはあるのですか?」

「どうでしょうか?」光は、浩紀を見て「高城君に出してもらいますかね」と冗談っぽく口角を引き上げた。

「えっ」浩紀は驚いた。「私ですか? ありませんよ、そんなお金」

「冗談だよ」

光が笑った。

「ああ、よかった」

浩紀は、胸を撫で下ろした。

「これまでの貯金を残さず吐き出したりすれば……一千万円は用意できます。後は……」

光は眉根を寄せた。

「背水の陣ですね」

孝平が呟いた。

「あのぅ」

浩紀が遠慮がちに手を挙げた。

「何かいい考えがありますか? 高城君」

孝平が聞いた。

「はい」浩紀は明るい声で答えた。「〝荒れ地に種をまくプロジェクト〟を立ち上げましょう」

「プロジェクト?」

光が思いがけない発言に戸惑っている。

「〝荒れ地に種をまくプロジェクト〟か……」

孝平が考える表情になった。

「どうですか？」浩紀が二人の顔色を窺った。「今回『福の壽』復活で多くの人の協力を得ました。このままこの協力関係を消滅させるには、惜しいです。たまらなく惜しいです。ですから今度は〝荒れ地に種をまくプロジェクト〟を立ち上げて、矢吹酒造所を『荒れ地』に復活させるんです」

「もうこれ以上、迷惑はかけられないでしょう」

光は当惑を浮かべた。

「迷惑だなんて誰も思っていません。失礼な言い方ですが、私たちは矢吹さんのためというのはもちろんですが、福島のために集まったのですから」

浩紀が、決意のこもった表情で光を見た。

孝平が笑った。

「おかしいですか？」

「ああ、なかなか言うじゃないかと思ってね。しかしその通りだ。矢吹さんを支援することが福島を支援することになるから集まったんだ。今回も、津波で何もかもなくなってしまった『荒れ地』に酒蔵を復活させることは、何も矢吹さんのためだけではない。福島のためだ」孝平は光を見て、「矢吹さん、遠慮することはない」と言った。

光は、浩紀と孝平に感謝した。二人は、光が負担を感じないように気遣ってくれている。

「そんなプロジェクト、本当にできるかな？」

光の表情は不安げだ。

「できるかなじゃないですよ。やるんです。みんな声をかけてくれるのを待っていますよ、きっと」

浩紀は自信たっぷりだ。

「矢吹さん、やろう。いい考えだ。〝荒れ地に種をまくプロジェクト〟ってネーミングもいい」

孝平は、光に同意を促した。

「わかりました」

光が頷いた。

「いいぞ、面白くなるぞ。みんなでいろいろと知恵を絞りだせば、絶対に酒蔵はできます。強い思いでプロジェクトを進めましょう。さっそく人集めに動きます」

浩紀は、今にも走り出さんばかりの勢いで腰を上げた。

光は、まぶしそうに浩紀を見つめた。新しいことを考え、すぐに実行に移そうとする若さが羨ましい。この若さに引きずられていくのが、今、光にできる最高のことだろう。光は、この荒れ地に種をまくことをひたすら思っていればいいのだ。

3

「驚きましたね。あのエリアは農地か水産加工場にする計画ですが……。酒蔵とはね」

荒波町役場総務課長の柳葉英輔《やなぎばえいすけ》は、受付カウンターで二人の男を前に首を傾げていた。

二人の男とは、光と鈴村孝平である。

「あのね、福島の再建は、日本酒だろう。それをやろうとしているんだよ。もっと前向きに考えられないかね」

孝平が険しい表情で言った。

「矢吹さん、でもまた津波が来るかもしれませんよ。そうなったら何もかもおしまいです。いいんですか？　それでも」

柳葉は、あくまで消極的だ。

「私は荒れ地に種をまきたいだけです。花や実をつけるのは、別の人……若い人です」

光は静かに口を開いた。

「荒れ地に種ねぇ。からし種ですか？」

「おや、聖書を知っているのかね」

孝平が少し驚いた。

「新約聖書にあるんですよね。小さなからし種が生長して、鳥が巣をつくるほどになる話」

「わかっているじゃないか。矢吹さんは、そのからし種になろうとしているんだよ」

「先祖も何度も津波に遭ったと思います。それでもこの地を離れなかった。町に復興計画があるのは存じています。でも酒蔵を造るのを禁止しているわけではない。だったら私はやる。それはどんな災害にも負けない強い思いがあることを、人々にも伝えたいからです」

光の言葉が強くなった。

柳葉が眉根を寄せながら、視線は光や孝平の背後に向かっていた。

「おや、鈴村先生、矢吹さんも」

背後から声が聞こえ、光は振り向いた。

そこには網元の中藤が、町長の金田幸三《かねだこうぞう》と並んで立っていた。

「おや、中藤さん、それに町長も」

孝平が笑みを浮かべた。光は軽く頭を下げた。

「矢吹さん、『福の壽』旨かったよ。久しぶりだった、あの味を堪能《たんのう》できたのはね」

中藤が笑みを浮かべた。

「ありがとうございます。試飲会に来てくださって……」

光も笑顔になった。

「矢吹さんは海ばかり見ていたから、もう二度と『福の壽』は飲めないのかって、とても残念だったのだが、よかったよ。これからも造ってくれるんだろう？　あれは我々、漁師の酒でもあるんだから」

「そんなに旨かったのですか？　私も試飲会に行きたかったなぁ」

町長の金田が言った。金田は、仙台出身で総務省の官僚だったが、震災復興を支援したいと荒波町に移住してきた。まだ三十代で、若い。

「町長は、知らんだろうがね。矢吹さんの酒蔵は、本当に海の際《きわ》にあったんだよ。津波で跡形もなく流されてしまったがね。そこで造られていた酒で、私たち漁師は豊漁、不漁を問わず酔ったものだった。しかし長い間、矢吹さんは酒造りから離れていてね。この間、ようやく試験的に復活させたんだ」

中藤が説明した。

「そうだったんですか？」

金田は光を見つめた。

「今日は、二人揃って、どうしたんだね。難しそうに柳葉さんと話し込んでいたが……」

中藤が聞いた。

「本当にいいところにお二人が登場してくださった。少しお時間をいただけますか」

孝平が聞いた。

「私はいいが、町長は？」

中藤が、金田を振り向いた。

「私も大丈夫です。次の予定まで時間があります。どうぞ町長室へご案内します。町長室はいつでも開かれていますから」

金田は若いだけに、権威ぶったところが全くない。

「矢吹さん、天の配剤だ。お二人に直に相談しよう」

孝平の表情が晴れやかになった。

「はい」

孝平の言葉に、光は強く頷いた。

柳葉は、安堵したような顔つきになりながら「実は、私も『福の壽』のファンなのです」と言った。

「ありがとうございます」

光は柳葉に礼を言い、席を立った。

4

「矢吹さん、みんな大賛成ですよ」

事務所に戻った光を待っていたのは、浩紀のこぼれるような笑みだった。

浩紀は、〝荒れ地に種をまくプロジェクト〟の賛同者集めに奔走していたのだ。

「こっちもいい話があるんだ。ねえ、鈴村さん」

「ああ、喜んでくれ、高城君。町長が応援してくれるって」

「それは本当ですか？　すごいじゃないですか」

「具体的にどんな応援になるかはわからないけどね。補助金などは難しいかもしれないけど、町長がバックアップしてくれるのはありがたいことだと思います。網元の中藤さんがいろいろと助言してくれたんだ」

「町の大物を巻き込んだってわけですね。こっちもすごいですよ。『福の壽』の復活を応援してくれた人は皆、賛成です。プロジェクトメンバーに加わってくれます」

浩紀が興奮気味に言った。

「國誉の田村さんもですか？」

光は聞いた。

「もちろんです」浩紀は自信たっぷりに胸を拳で叩いた。「会津華の星野さん親子、井口酒造所の井口さん、柏木先輩、米農家の大友先輩、それにみずなみ銀行の沼田課長、菱田さん、それだけじゃないんですよ」

「えっ、他に誰かいるの？」

「誰だと思いますか？」

「じらすなよ」

孝平が苦笑した。

浩紀が言った。

「大西さんと志賀さんです」

孝平が驚いた。

「東亜電力の二人じゃないか」

光も驚いた。

「福島復興会社の方だよね。試飲会に来てくださったね」

「そうです。ダメもとで相談したら、二つ返事でオーケーでした」

浩紀は言った。

「矢吹さん」孝平は光を見つめた。「やるしかないよ。資金面など、いろいろ心配はあるけれど、あの荒れ地に矢吹酒造所を復活させるんだ」

「はい、絶対に復活させます」

光は、強く言った。

「第一回プロジェクト会合の日程を調整します」

浩紀の表情が力強い。

5

――二〇二四年三月十一日、荒波町役場の会議室で第一回〝荒れ地に種をまくプロジェクト〟の会合が開催された。

「黙禱――」

孝平の呼びかけで出席者全員が目を閉じた。会議室の時計が十四時四十六分を指していた。十三年前のこの時間に、大地震によって大地が揺さぶられ、大津波が発生し町を呑み込んだ。

「黙禱、直れ」

孝平の声が会議室に響いた。皆が、我に返ったような表情になった。大震災から十三年経った今も、目を閉じれば、あの時の恐ろしい光景が、それぞれの瞼《まぶた》の裏に映し出されたからだ。

光は、会議室に集まった顔ぶれを見つめた。感謝の思いで胸が熱くなった。

海のすぐ傍で、二百年以上もの歴史を重ねてきた矢吹酒造所を復活させる第一歩の日なのだ。

「皆さん、ご多忙の中、お集まりいただきありがとうございます」

孝平がプロジェクトの趣旨を説明した。

光は、当事者ではあるが、多くの人に協力を仰ぐ立場であり、プロジェクトの責任者は、孝平に任せていた。

「このプロジェクトは、矢吹酒造所を復活させるのはもちろんですが、それよりも荒波町を、福島を真に復活させるものと考えています。津波なんかに負けてたまるかという根性を海に見せつけてやるんです。何度でも、襲ってこい、その度に必ず復活してやるという根性を見せつけるんです」

孝平が力強く言った。

拍手が起きた。

「皆さん、ありがとうございます。いろいろなアイデアを出してください。司会は、高城君、任せたよ」

孝平は浩紀を指さした。

「はい」浩紀は、一際、大きな声で返事をし、立ち上がった。浩紀の背後には、集まったメンバーからの意見を書くようにホワイトボードが置かれていた。

すぐに活発な意見が出た。

國誉の田村慎一は、廃業する酒蔵から設備を買い取ったらいいと言った。

孝平は、その意見にすぐに賛成した。酒蔵の廃業が続いている。それらから設備だけを買い取って移すのだ。

「いくつか候補がある」

孝平は自信ありげだ。

みずなみ銀行の沼田課長は、支店長の大久保が本部と交渉して融資を検討していると報告した。

「担保はないが……」

光が懸念を口にした。土地はあるが、津波に洗われてしまった土地に価値があるとは思えない。

菱田泰三が「その点が問題で、どの程度、無担保でも融資できるか、いろいろな手法を検討中です」と答えた。

「クラウドファンディングは考えないの」

星野真由美が提案した。

「それも検討しよう。福島の復興に協力したい人は多いと思う」

農家の和馬が賛意を示した。

「しかしなぁ、酒処の能登も地震と津波でやられた。あちらもクラウドファンディングをやるだろう。競合というか、あちらの復興も急務だし……」

井口酒造所の柏木雄介が懸念を口にした。彼は、今ではすっかり酒蔵の経営者の顔になっている。

「私に潤沢《じゅんたく》な資金があればいいのですが……」

光は申し訳なさそうな顔になった。新しく酒蔵を造るには、かなりの資金が必要だ。借金をするのは厭わないが、みずなみ銀行が融資を決断してくれるかどうかにかかっている。

「私たちに考えがあります」

東亜電力の大西が手を挙げた。

「どうぞ、お願いします」

浩紀が促した。

大西は、隣に座った志賀を見て、小さく頷くと立ち上がった。

「酒蔵で造られるお酒を担保にいただいたらどうかと考えました」

大西は光を見た。

「えっ、酒を担保？」

光が驚いた。

「はい、フランスなどのワイナリーでは実際にあるようですが、みずなみ銀行さんと協力できれば可能かと思います」

大西は、沼田や泰三に視線を向けた。

「大西さん、もう少し詳しく説明してください」

泰三がすぐに反応した。

「矢吹酒造所が製造する酒を担保にするのですが、もちろんまだ造られていませんので、それを見越して東亜電力福島復興会社が資金を提供します。できあがった酒は、私どもが皆さんと協力して販売することになります。みずなみ銀行さんと協力すれば、証券化も可能かと思います」

「本当にそんなことができるのですか？」

「可能です。商品担保融資を少し工夫すればと考えます。ね、みずなみ銀行さん」

大西が沼田に聞いた。

「実は、事前に大西さんと志賀さんから相談を受けまして、今、本部で検討中です。酒を担保にする融資と、我が行のプロパー融資を合わせれば、なんとか酒蔵復活資金は捻出《ねんしゅつ》できるのではないかと思います。当面は、東亜電力さんにリスクを負ってもらうことになりますが、証券化が可能になれば、多くの方々に証券を保有してもらうことでリスクの分散が可能になるとともに、メリットも享受していただける仕組みができると考えます。今、支店長の大久保が、東亜電力さんの提案を受けて本部と検討中です」

光は、以前は頼りないと思っていた沼田に見違えるほどの迫力を覚えた。

日本酒である「福の壽」を証券化して多くの人から資金を集める。フランスワインなどで活用されている方法だが、「福の壽」に商品としての魅力や市場性が備わらねば可能にはならない。

光は、大西の提案を受けて、身が引き締まる思いがした。

「知恵は絞るものだね」

孝平が感心したように言い、光を見た。

「本当にありがとうございます。希望が持てます」

光が大西に言った。

その時、会議室のドアが開いた。総務課の柳葉が入ってきた。

「皆さん、ちょっとお邪魔します」

柳葉が皆を見回した。

「何かね」

孝平が聞いた。

「これを皆さんにお見せしようと思いまして……。町長から持っていきなさいと言われましてね」

柳葉は、一枚の写真を手に持っていた。

「これは不二《ふじ》フィルムさんのご協力で、津波被害のあった場所から発見された写真を復元してもらったものです。ここに」柳葉は写真を指さした。「『福の壽』が写っているのです」

「なんですって」

光が写真を覗き込んだ。

会議室に集まった全員が、光の周りを取り囲んだ。

光は、その写真を手に取った。その瞬間、涙が溢れてきた。次から次へと流れ出てくる。

そこに写っていたのは、間違いなく智花だった。写真は色褪《あ》せ、完全に元通りとは言えなかったが、智花と彼女の両親がにこやかに夕食を囲んでいる姿だった。テーブルの上には「福の壽」が置かれていた。

「これ『福の壽』でしょう？」

柳葉が指差した。

「はい、そうです。そしてこの子は、わたしが助けようとして助けられなかった智花ちゃんです」

光は、涙を拭うことなく柳葉に答えた。

「矢吹さん……これは奇跡だよ。亡くなった智花ちゃんが、『福の壽』の復活を喜んでくれているんだ」

孝平の目にも涙が滲んでいた。

「ありがとうございます」

光は、その写真を胸に強く抱いた。

光の目の前には荒れ地が広がっていた。しかしそこは寒々とした地ではなかった。花が咲き、蝶《ちょう》が舞い、光が満ちている。そして智花が笑顔で踊っていた。

本作品は書下ろしです。

この作品はフィクションであり、登場する人物・団体等は、実際のものとまったく関係ありません。

江上 剛（えがみ・ごう）

1954年、兵庫県生まれ。早稲田大学政治経済学部政治学科卒。第一勧業銀行（現・みずほ銀行）に入行し、人事部や広報部、各支店長を歴任する。1997年の第一勧銀総会屋事件では問題の解決に尽力し、この事件を題材にした映画『金融腐食列島 呪縛』のモデルにもなった。2002年、銀行勤務の傍ら、『非情銀行』で作家デビュー。2003年、銀行を辞め、執筆に専念。テレビのコメンテーターとしても活躍する。『蕎麦、食べていけ！』『凡人田中圭史の大災難』『王の家』『小説 ゴルフ人間図鑑』『金融庁覚醒 呟きのDisruptor』など著書多数。映像化作品も多い。

荒《あ》れ地《ち》の種《たね》

2024年9月30日　初版1刷発行

著　者　江上《えがみ》 剛《ごう》
発行者　三宅貴久
発行所　株式会社 光文社
〒112-8011　東京都文京区音羽1-16-6
電話　編集部　03-5395-8254
書籍販売部　03-5395-8116
制作部　03-5395-8125
URL　光文社　https://www.kobunsha.com/

組　版　萩原印刷
印刷所　新藤慶昌堂
製本所　国宝社

落丁・乱丁本は制作部へご連絡くだされば、お取り替えいたします。

ISBN978-4-334-10432-0